Hanns Cibulka | Tagebuch einer späten Liebe

Cibulkas Stadtgänge halten vor alten Häusern und Brücken inne, spiegeln das Wechselspiel der Natur, setzen sich mit moderner Malerei (von Christian Rohlfs, Lyonel Feininger oder Erich Heckel) auseinander und werden durch zeitkritische Betrachtungen und lyrische Texte ergänzt. So entstehen räsonierend-poetische Aufzeichnungen, die in ihren leisen, zarten Tönen auch von einer Liebe erzählen, zu Gundula, einer aus dem Waldviertel stammenden Gärtnerin.
Tagebuch einer späten Liebe ist eine literarische Erkundung des Abseitigen und des historisch Gewachsenen, eine Aufforderung, die Oberfläche der Dinge zu durchdringen.
Hanns Cibulka (1920–2004) lebte als Schriftsteller und Bibliothekar in Gotha.

Hanns Cibulka

Tagebuch einer späten Liebe

Reclam
Leipzig

Reclam Bibliothek Leipzig, Band 1615
2. Auflage, 2005
Mit 3 Abbildungen
Reihengestaltung: Gabriele Burde
Umschlaggestaltung: Gabriele Burde unter Verwendung
von Christian Rohlfs, Dom und Severikirche in Erfurt, 1924,
Tempera, Angermuseum Erfurt
Gesetzt aus Stempel-Garamond
Satz: Peter Conrad, Brandis
Druck und Bindung: Reclam, Ditzingen
Printed in Germany
ISBN 3-379-01615-2

www.reclam.de

Meiner Frau,
der Erfurterin

Die Welt ist so leer, wenn man nur Berge,
Flüsse und Städte darin denkt,
aber hie und da jemand zu wissen,
der mit uns übereinstimmt, mit dem wir
auch stillschweigend fortleben,
das macht uns dieses Erdenrund erst
zu einem bewohnten Garten.

Goethe

Die Rabenvögel fallen ein. Den ganzen Tag waren sie unterwegs gewesen und haben den Himmel mit ihrem Flug durchmessen. Schreiend suchen sie ihre Schlafbäume auf.

Jedes Wort ein Flügelschlag. Meine Angst, daß unsere Worte eines Tages das Fliegen verlernen.

Das Haus ist von lang her, ein altes Fachwerkhaus Am Fischersand. Die Haustür ist aus schwarzer Eiche, rissig, im Hausflur führt eine uralte Treppe aus Stein hinab in den Keller. In den Kellerräumen, wo die Wackersteine in den Ecken aufeinanderstoßen, ist die Zeit stehengeblieben.

Seit zwanzig Jahren wohne ich in diesem Haus, ich bin mit ihm zusammengewachsen, weiß, welche Dielen in der Wohnung knarren, in welchem Zimmer sich die Tür gesenkt hat und seit Jahren über den Fußboden schleift. Es ist ein altes Haus, es hat die beiden Kriege überstanden, die Jahre der Inflation, die Börsenspekulationen, Kinder wurden in diesem Haus geboren und Tote durch die Tür hinausgetragen. Vor Jahren gab es im Erdgeschoß einen Wohnungsbrand. In der Weimarer Republik wurde das Haus gegen Steuerschulden vom Rat der Stadt übernommen.

Das Haus hat keine großen Fenster, auch die

Räume sind nicht hoch, die Wohnung, eine kleine Einsiedelei mit drei Zimmern, fast mönchisch. Das Mobilar wurde sparsam an den Wänden aufgereiht, ein Nußbaumschrank, ein Tisch, ein Stuhl, ein alter Sekretär aus Großvaters Zeit, würdig und steif. In diesen Räumen gibt es wenig Schmuck, abgesehen von den Büchern, den Noten, die in den Regalen stehen. Zwischen den Büchern liegen da und dort ein paar Mineralien, ein Rosenquarz, so groß wie ein Kinderkopf, eine Amethystdruse, ein Rauchtopas. Heute könnte ich mich von diesem Haus nicht mehr trennen, schon vor Jahren wurde mir bewußt, daß man das städtische Leben nur in einem solchen Wohnviertel ertragen kann. Das Alte gibt dem Leben etwas Warmes, Geborgenes.

Wenn ich in den Morgenstunden das Haus verlasse, freue ich mich bereits auf den Abend, wenn ich die Tür wieder aufschließe. Eine richtige Heimat ist es nicht geworden, aber so etwas wie ein Heimatgefühl ist schon da. Für mich ist vieles unentbehrlich geworden, dem die anderen Mieter fremd gegenüberstehen. Da gibt es ein paar Bäume, die ihr eigenes Schicksal haben, ein paar alte Hinterhöfe mit ihren dunklen Geschichten.

Von meinem Fenster aus blicke ich hinunter auf einen schmalen Fluß, es ist die Gera. An manchen Tagen läßt mich der Wind das Wasser spüren, trägt mir seinen Geruch bis in das Zimmer. Ich sehe auf einen großen Magnolienbaum und beobachte, wie er seine ersten Knospen ansetzt, es sind weiße tulpenähnliche Blüten, kurzstielig, vor der Belaubung des Baumes fangen sie an zu blühen. Diese Dinge sind für mich ein Lehen, das mir das Leben mit auf den Weg gegeben hat, eine Zeitmahnung.

Seit Generationen nennt man diese Gegend hier Am Fischersand. Sie wurde vom Magistrat der Stadt niemals umbenannt, trotz der vielen politischen und gesellschaftlichen Umbrüche, die es in den letzten hundert Jahren gegeben hat. Ein solcher Name ist voller Rückerinnerungen, er ist Hinweis und Zeugnis zugleich, lebt von einem ganz realen Kern. In einem solchen Wort leuchtet aus der Vergangenheit immer noch etwas auf, es kann Träger sein, aber auch Flurhüter für die Zukunft.

Um Mitternacht, wenn die Luft arm an Geräuschen ist, kann man die Nachtzüge hören, die mit hoher Geschwindigkeit in den Bahnhof einfahren. Bis tief in die Nacht hinein zerschneidet das Quietschen der Bremsen den Schlaf.

In der vergangenen Woche bin ich jeden zweiten Tag vom Domplatz aus hinaus auf das Gelände der Cyriaksburg gefahren, ich war auf der Suche nach einer jungen Frau. Als ich ihr das erstemal begegnete, stand sie, halb von mir abgekehrt, in einem Rosenbeet und schnitt die verdorrten

Zweige aus den Büschen. Sie trug ein Arbeitshemd, buntkariert, die Ärmel aufgerollt, das Haar war streng gescheitelt, das Gesicht schmal, ihr Alter nicht bestimmbar. Sie hatte am Wegrand eine kleine schwarze Aktentasche abgelegt.

Der Weg auf die Cyriaksburg war für mich zu einem Geheimweg geworden. Als ich vor einigen Tagen, gegen Mittag, vom Südeingang her das Parkgelände betrat, war ich von neuem auf der Suche nach meiner Gärtnerin. Etwas Zwingendes trieb mich in der Freizeit immer wieder hinauf auf den Berg. Irgendwo muß sie ja arbeiten, sagte ich mir, doch die Anlagen sind groß, es gibt Ausstellungshallen, Treibhäuser, Blumenfelder. Systematisch suchte ich das Gelände ab, die Pflanzenschauhäuser, den Rosengarten, den Staudengarten an der Wasserachse, da sah ich sie plötzlich mitten im Schilfgras stehen, sie trug auf dem Kopf einen einfachen Strohhut als Sonnenschutz. Als ich an ihr vorüberging, fehlte mir der Mut, sie anzusprechen. Ich grüßte, wir sahen uns einen Augenblick lang an.

Zwei Tage später. Es war an einem Nachmittag, als das Unglaubliche geschah. Ich ging den Weg zur Cyriaksburg hinauf, sah die Gartenarbeiter den Weg herabkommen, es war schon spät, über die Zeit, kurz vor siebzehn Uhr. Ohne nachzudenken, schlug ich den Weg zum Gartenmuseum ein, wo die Mahlsteine der alten Waidmühle liegen, da sah ich sie auf mich zukommen, mit gesenktem Kopf. Obwohl sie die Arbeitsstiefel trug, war ihr Schritt leicht, als würde sie ihren Fuß kaum auf den Erdboden setzen. Ich erkannte ihre dunkelblaue Arbeitsjacke, die Arbeitsschürze, sie hatte sie locker um die Taille gebunden. Als wir auf gleicher Höhe waren, hob sie den Kopf, ich blickte in ein von Wind und Sonne gebräuntes Gesicht, sah in zwei große dunkelbraune Augen, die Brauen waren hoch angesetzt. In diesem Augenblick hätte ich sie ansprechen müssen, nach irgend etwas fragen, ich spürte, daß auch sie für einen Augenblick den Atem anhielt, und dann geschah das Unvorstellbare, sie blieb vor mir stehen und sagte: Ich darf annehmen, mein Herr, daß Sie mich von der Arbeit abholen. Sie wartete meine Antwort erst gar nicht ab, schob ihre Hand energisch unter meinen Arm und ging mit mir hinüber zu den Glashäusern. Ich war ihr für die Entschlossenheit dankbar. Hier ist mein Arbeitsplatz, sagte sie, reichte mir die Hand, sie war noch erdig, dann ging sie durch eine offene Tür und war zwischen den riesigen Treibhauspflanzen verschwunden.

Es ist nicht viel, was ich in den letzten Tagen über meine Gärtnerin erfahren habe. Sie wurde in Niederösterreich geboren, in Waidhofen an der Thaya, Waldviertel, dreitausend Einwohner soll der Ort haben, nicht mehr. Sie besuchte die Fachschule für Gärtnerei, studierte in Linz Gartenarchitektur, heiratete einen deutschen Lehrer, übersiedelte nach Weimar und war jahrelang als Gartenmeister bei den Nationalen Forschungs- und Gedenkstätten tätig. Kurz vor der Wende gab sie ihren Arbeitsplatz in Weimar auf und zog nach Erfurt. Sie hat einen Sohn, der als Restaurator in Dresden arbeitet. Sie ist geschieden, die Wintermonate verbringt sie regelmäßig bei ihrer alten Mutter in Waidhofen.

Der Abend ufert aus …

War es eine Frauenhand, war es der Wind, der heute nacht meine Wangen berührte?

Tag für Tag sehe ich von der Stadtbibliothek aus hinüber auf den Domplatz mit seinen beiden Stiftskirchen Sankt Marien und Sankt Severi.

Breit und beherrschend liegen sie in der Mitte des Domberges da, kraftvoll zusammengeführt von ihren Türmen, zwei Bauwerke, die in einem spitzen Winkel zueinander stehen und durch die Vertikale dem Platz ein gewaltiges Aussehen geben. Eine breite, sich nach oben verjüngende Steintreppe führt zu den Kirchen hinauf.

Der Bau ist romanisch angelegt, von archaischer Wucht, uralte Steinpfeiler und Bögen, eingemauert in die Zeit. Hier gibt es keine Brandungswellen in Stuck, keine Schaumkronen in Silber und Gold. Die steinernen Gestalten im Portalbau, da ist Christus der Weltenrichter, die Gottesmutter mit dem Kind, der Heilige Bonifatius, sie alle haben das Leben in dieser Stadt begleitet bis auf den heutigen Tag. Die irdische Schwere wird zurückgedrängt, ich sehe, wie sich die Türme des Domes von der Erde abheben, wie sie aufsteigen und dennoch viel zu schwer sind für den Himmel. Etwas Unsichtbares lastet auf diesen Steinen, die sich wuchtig darstellen, vielleicht ist es der Osten, der sich hier bereits ankündigt.

Meine Liebe gilt der Severikirche. Dieses Gotteshaus übertrifft mit seinen drei spitzen Türmen, der monumentalen Geschlossenheit, seiner mittelalterlichen Kraft bei weitem den Dom. Hier ist eine Schönheit am Werk, die aus der Tiefe kommt, kein Doppelklang, keine Polyphonie, ein Kontrapunkt, der durch die Jahrhunderte geht, hier wird selbst noch der Himmel zu einem Stück Architektur.

Jeden Morgen sehe ich von meinem Arbeitsplatz hinüber auf die Severikirche und freue mich über ihre spröde, mittelalterliche Holdseligkeit.

Neben meinem Schreibtisch hängt an der Wand ein Stadtplan von 1740, eine Annäherung aus der Vogelperspektive, ein kolorierter Kupferstich, an den Rändern etwas sporfleckig.

Das Blatt ist gewissenhaft gestochen, man erkennt die Befestigungen auf dem Petersberg, es zeigt uns die Länge der einzelnen Flußläufe, Hirschlache und Wilde Gera werden herausgehoben, aber auch der Bergstrom ist sichtbar. Auf das Feinste herausgearbeitet sind die bebauten Grundstücke, die Kirchen hinsichtlich ihrer Lage und Architektur sind kartographisch genau aufgenommen, das Straßennetz ist zu erkennen, im Westen die Cyriaksburg, vor der Stadtmauer sieht man die Bäume und das hockende Strauchwerk.

Eine große Ruhe geht von diesen alten Stadtplänen aus, etwas Unbegreifliches, auf ihre Art gleichen sie einem Kunstwerk, offenbaren uns Bild und Wesen einer alten Stadt.

Die Stadt »Erfordia turrita« hat nicht das Glück an einem märchenhaften See zu liegen wie die Landeshauptstadt von Mecklenburg-Vorpommern, keine Gebirgskette zeichnet sie aus, kein Strom, der ruhig und gelassen an einem Dom vorüberfließt wie in Magdeburg die Elbe, sie liegt flach in einem ebenen Gelände, zwischen Ackerfurchen, Wiesen und Wald. Im Süden ein paar leichte Hügel, der Steiger, eine Geländeschwellung, natürliche Bauschranke, im Norden dagegen kein Halt, hier ist die Landschaft offen, Feld neben Feld, alles ist frei bis an den Horizont, ein fruchtbares Hinterland, ackerbäuerlich bis auf den heutigen Tag. Diese Stadt hatte von Anfang an festen Boden unter den Füßen, alles, was sie an Schönheit mitgebracht, ist Menschenwerk, wie ein Scherenschnitt steht sie mit ihren Kirchen, Türmen und Schornsteinen gegen den Abendhimmel.

In dieser Landschaft gab es keine Hünengräber, da und dort ein paar Einzelfunde, keine Gräberfelder, und die Thüringer Könige, wie weit liegen auch sie in der Zeit zurück, 534 wurde der letzte König in Zülpich ermordet. Im achten Jahrhundert die Christianisierung, Karl der Große nahm Thüringen zum Ausgangspunkt bei der Unterwerfung der Slawen, 1181 hat sich in dieser Stadt Heinrich der Löwe vor dem deutschen Kaiser Friedrich Barbarossa gedemütigt, später haben die Fürstenbischöfe von Mainz die Stadt politisch an die Kette gelegt, der Schwedenkönig Gustav Adolf macht sie zum Stützpunkt seiner Macht, Napoleon zu einer französischen Festung, aber auch die Preußen führten nichts Gutes im Schild.

In dieser Stadt haben die alten Quartiere nicht das Dunkle, Unheimliche wie die Gassen in Krakau oder Prag, doch in der Nacht, wenn es still geworden, kann man auch hier die Steine reden hören, bricht der Hufschlag der Pferde die Vergangenheit auf. Es gibt Abende, da ist der Himmel rot, feuerrot, da werden vor den Toren die Hexen verbrannt, Pogrome brechen aus, die Juden werden aus der Stadt vertrieben, keine Wechselstuben mehr, kein Geldfluß, die spottsüchtigen Worte von Rabeanus und dem Junker Ulrich von Hutten gehen von Haus zu Haus, pochen an die Tür, Martin Luther, das deutsche Gewissen, predigt in der Augustinerkirche, doch aus den Kellern der Gefängnisse hört man die Schreie der Bauern, sie werden von den

Folterknechten zu Tode geprügelt. Auch damals gab es unter den Bürgern der Stadt Verschuldungen, Handstreiche und Intrigen, es gab die Cholera, Hinrichtung und Pest, die Stadt hatte ihre toten Winkel, in den schmalen Gassen Messerstechereien, und auf dem Galgenberg waren wie eh und je die Krähen zu Haus. Auf der Landstraße nach Leipzig steht Doktor Faustus mit seinem Puppenspiel und beschwört die schöne Helena.

In den Kneipen, so erzählen sich die Studenten, kann man auch heute noch bei einem Krug Köstritzer Schwarzbier dem Meister Eckehardt begegnen, auch der Geheimrat aus Weimar soll an manchen Abenden anwesend sein, aber wie gesagt, das alles sind Gerüchte, doch im Herbst, wenn vom Norden her der Sturm in die Gassen der Stadt einbricht, hört man in den Morgenstunden Gewehrsalven vom Petersberg, und auf dem Domplatz proben die Militärs von neuem den Großen Zapfenstreich, hört man den Tod nach Jedermann rufen.

Die Stadt hatte frühzeitig ein Wappen, ein sechsspeichiges silbernes Rad in einem roten Feld.

»Es gibt Dinge«, schreibt Ulrich von Hutten, »die ohne das Glück auch für die Tugend nicht zu erreichen sind, und da wünsch ich jenes Rad gedreht, da schau ich auf jene blinde Göttin hin, die tolle Herrscherin, aller Bewegung, alles Wechsels Königin … da glaub ich Zufälle nötig zu haben,

da eines glücklichen Radschwungs zu bedürfen, um aufzukommen, um vorwärts zu kommen.«

Wer weiß, vielleicht hat Hutten bei seiner Niederschrift an das Wappen von Erfurt gedacht.

Was ist es, das in mir wacht, wenn ich schlafe, das in mir fragt und forscht, wenn ich schweige, das du zu mir sagt, wenn ich liebe, das mehr von meiner Vergangenheit weiß, als ich vermute, das mich mit allem verbindet, was auf der Erde atmet und lebt …

Der Steiger erhebt sich aus dem Morgennebel wie ein gewaltiger Berg, ein langer grüner Strich über dem Dunst im Tal, eine grünblaue Hügelkette.

Gundula hat ihren Arm unter den meinen geschoben, und so gingen wir Seite an Seite den Steiger hinauf. Wir schritten durch einen Laubwald, der voller Erwartungen war, der Himmel lag weich über der Landschaft, keine Wolkenfelder, von Zeit zu Zeit bewegte der Wind die Blätter, die Luft war leicht, bunt von den Farben des Frühlings.

Die Wege nahmen uns mit. Hier war alles noch der Landschaft zugehörig, der Laubbaum, die Gräser im Grünen, der Feldweg. In ruhiger Bewegung zogen die Wolken, keine schroffen Felsenketten, aufgetürmt aus den unterirdischen Zonen der Erde, aber auch keine Triebhaftigkeit, die dumpf und animalisch aus einer feuchten Wiesenlandschaft steigt. Wohin das Auge blickt, eine beruhigende Landschaft, man spürt in ihr das eigene Sein, alles wird zum Sehen, Hören und Fühlen, es ist eine Landschaft, die sich in unser Leben einreiht. Durch das Geäst der Bäume leuchtet aus der Ferne das Weiß einer Gastwirtschaft.

Gundula ist hochgewachsen, schlank, hager. Sie müßte kräftiger sein, dachte ich, Gartenarbeit ist keine leichte Arbeit. Sie hatte ihr Gesicht kaum geschminkt, und doch war der Rand ihrer Augenlider mit einem Stift sorgsam nachgezogen, auch die Lippen, die Augenbrauen. Ich muß für einen Augenblick lang stehengeblieben sein, hatte noch nie solche Augen gesehen, sie waren von einem tiefen dunklen Braun.

Weißt du überhaupt, wie oft ich in den letzten Wochen an dich gedacht habe, sagte ich zu ihr. Jeden zweiten Tag bin ich mit der Straßenbahn vom Domplatz aus bis zum Gothaer Platz gefahren, ich habe deinen Namen von einem Ende der Stadt bis an das andere getragen.

Und ich habe dich wochenlang beobachtet, du kamst immer durch das Südtor den Weg zur Cyriaksburg hinauf. Dieser Mann ist nichts für eine geschiedene Frau, habe ich zu mir gesagt, und doch bin ich deinem Suchen Tag für Tag nachgegangen.

Nach diesen Worten wurde es still, so still, daß ich ihren Atem hörte. Manchmal hob sie einen Zweig auf vom Boden und schlug sich beim Gehen in die offene Hand.

Vor unseren Augen eine schmale langgestreckte

Lichtung, ein Stück weiter eine Holzbank, morsch, halb zusammengebrochen. Ein Rinnsal kam den Berg herab, zwei Schritte breit, und schon wurde die Luft etwas kühler. Auf der Waldwiese lag ein mächtiger Baumstamm, wir setzten uns auf das von der Sonne aufgewärmte Holz. Alles Schauen war plötzlich zu einem Fühlen geworden, ich beugte mich über ihren Kopf, so nah war ich ihren Augen noch nie. Ich hörte das Knistern der Sonnenstrahlen zwischen den Blättern …

Es war die Zeit nach dem Ersten Weltkrieg, als Christian Rohlfs seine drei großen Aquarelle »Dom und Severikirche in Erfurt« malte. Es waren die Jahre der Inflation, eine Goldmark erreichte den Wert von einer Billion Papiermark, es war aber auch die Zeit der düsteren Straßenzüge, der überbelegten Mietskasernen, der Mörtel an den Fassaden blätterte ab, das Leben nahm an Schäbigkeit zu, das Elend hatte sich potenziert, die Spannungen in der Gesellschaft wurden unerträglich, das Leben stimmte sich auf eine härtere Tonart ein.

Wie oft habe ich in den letzten Jahren das Angermuseum aufgesucht, immer wieder blieb ich vor diesem Kunstwerk betroffen stehen. Ein genialer Einfall muß dieser Arbeit vorausgegangen sein. Es ist ein Werk, das weit über die architektonische Erscheinung des Domes und der Severikirche hinausreicht. Hier werden keine individuellen Einzelheiten sichtbar, der Künstler ist mit seinem ganzen Ich in den Baugedanken des Domes eingetreten. Kirche ist nicht nur Kirche, sie ist mehr. Wie eine Vision in Blau muß es über ihn gekommen sein, ein blitzartiges Schauen wurde festgehalten. Alles auf diesem Bild richtete sich auf, steil stoßen die Türme ins Blau, der ganze Himmel ist in Bewegung. Überall strahlt dieses Blau aus dem Himmel herab bis hinunter in die Kavaten, eine blaue Geistigkeit, aber auch das Schattenlila ist da, ein warmes Violett, hier werden die Farben selbst zu einem Dom. Nur scheinbar bewegt sich das Blau vom Menschen fort, doch eines Tages werden wir uns alle im Zentrum dieser Farbe wiederfinden.

Auch in diesem Werk gibt es einen Rest, den uns keine Kunstgeschichte erklären kann. Alle drei Aquarelle leben von einer tiefen magischen Wirkung. Aber nicht nur von den Farben allein, auch von der meisterhaften Pinselführung geht eine starke spirituelle Kraft aus. Oder sind es die Energiefelder des Lebens, die hinter diesen Türmen sichtbar werden? Als ich diese Bilder zum erstenmal sah, fühlte ich in mir ein tiefes Erschrecken, mir war, als würde das Kosmische auch in mein Leben mit ungeheurer Wucht einbrechen.

Auf dem Weg durch die Stadt bleibe ich wiederholt vor diesem oder jenem Haus stehen und sehe mir die Botschaften an, die man mit ungelenker Hand an die Mauern gesprüht, die einzelnen Buchstaben sind handtellergroß.

Es sind die Losungen einer anderen Generation, Erkennungszeichen für Andersdenkende. Vielleicht wissen sie selbst nicht, was sie mit diesen Zeichen sagen wollen. Überall kann man diesen Botschaften begegnen, am Bahnhof, mitten in der Stadt, auf einem Schulhof …

Als ich am späten Nachmittag meine Wohnungstür öffne, sitzt auf meinem Schreibtisch ein prächtiger Falter, ein Tagpfauenauge, und wärmt sich an den letzten Sonnenstrahlen. Auf seinen Flügeln leuchten schon von weitem die dunkel- und die hellblau gezeichneten Augenflecken.

Es gibt Bäume, die sind wie eine ferne Erinnerung. Wenn der Wind durch die Silberweiden streicht und die weißseidige Unterseite der Blätter sichtbar wird, sehe ich vor meinen Augen die Olivenhaine von Kalabrien.

Auch Erinnerungen haben ihren Abgrund, auch in dieser Stadt gibt es einen Ort, wo das Leiden der Menschen unvergeßlich geworden:
Gefängnis,
Militärgericht,
Hinrichtung.
Senkrechte Wirbelsäule, pochender Herzschlag gegen Schnellfeuergewehr.

Wo hat man sie hingerichtet, an einer Mauer, wurden sie an einen Baumstamm gebunden oder an einen Holzpfahl, der schon von früheren Hinrichtungen zersplittert war? Wer hat die Todesurteile verlesen, und wer war es, der sie unterschrieben? Keiner weiß, was in den letzten Stunden wirklich geschah. Vielleicht lag der Soldat in einer feuchten Kasematte auf einem eisernen Bett, auf einem muffigen Strohsack, zugedeckt mit einer dünnen durchlöcherten Decke. Vielleicht hat er die letzte Nacht stundenlang auf seinem Bettrand gesessen, die Füße auf dem Zementfußboden und hat auf den spöttischen Ruf des Kauzes gelauscht. Er spürte den Geruch des Todes aus dem Strohsack aufsteigen. Vermutlich hat er sich in den frühen Morgenstunden, als die Wachmannschaft den Kellergang entlang kam, noch einmal übergeben aus Angst. War es ein kalter Novembermorgen, wo ein grauer Himmel das kleine spärliche Kellerfenster ausfüllte, oder war es ein junger Frühlingstag Ende März 1945? Vielleicht hat der Feldwebel der Wachmannschaft etwas heiser und ausdruckslos zu ihm gesagt: Komm, Kamerad, laß uns gehen, und sie gingen schuldbewußt mit ihm ins Freie. Sein junges, unbefangenes Gesicht konnte ihm keinen Schutz mehr geben. Flankiert von den Soldaten mit Stahlhelm und Gewehr wurde er aus dem Hof geführt. Das Todesurteil hatte man ihm bereits in der Zelle verlesen, ein mörderischer Urteilsspruch.

Keiner weiß, welche Uniform das Erschießungskommando getragen hat, waren es Soldaten der

Wehrmacht mit dem Wort »Gott mit uns« auf dem Koppelschloß, waren es Soldaten der Luftwaffe, der Marine, oder trugen sie am Koppel das Wort der Waffen-SS »Unsere Ehre heißt Treue«? Viele mußten ihre Grube selber graben, viele spürten den Lauf einer Pistole in ihrem Genick, ehe sie abgedrückt wurde, keiner hatte mehr die Kraft, sich umzudrehen, um seinem Mörder ins Gesicht zu sehen, sie wurden auf einen Platz geführt, wo es für den Soldaten keine Deckungslöcher mehr gab.

Noch einmal haben seine Füße gezittert, als er an den Pfahl gebunden wurde. Das Erschießungskommando benötigte keine Einschätzung der Entfernung, alles war schon vorgegeben, hier konnte man in aller Ruhe sein Gewehr entsichern, durchladen, anlegen, den Druckpunkt suchen, und dann sahen die Soldaten nur noch den weißen Karton auf der Brust ihres Kameraden. Es gab aber auch Schnellfeuergewehre mit Stangenmagazin, zehn Schuß Stahlmantelgeschosse in einer Sekunde, vom Herzen hinab bis in den Unterleib, abstreuend, quer durch den Körper.

Wo das Militärgericht seine Stiefel hinsetzt, wächst kein Gras mehr, wer unter einem solchen Stiefel zu Fall kam, stand nicht mehr auf. Von dem Augenblick an, wo die Feldgendarmerie, die sogenannten Kettenhunde, einen flüchtenden Soldaten gestellt, lebte er bereits vom Tod.

Was den Hunden aus den Zähnen fällt, ist immer noch besser als ein Deserteur, soll ein Oberleutnant auf dem Petersberg vor der Hinrichtung eines Soldaten gesagt haben.

Wenn meine Katze am späten Abend am Bücherregal entlangstreicht, wischt sie mit ihrem samtenen Fell die Buchtitel vom Rücken der Bücher: Auf den Marmorklippen, Pisaner Gesänge, Malina, Montauk …

Die kleine Münze Charakter, wer ist heute noch bereit, mit ihr zu zahlen?

In den frühen Morgenstunden ging über der Stadt ein Schneegewitter nieder. Es waren große schwere Flocken, die zur Erde fielen, doch dann kam Wind auf, aus dem senkrecht fallenden Schnee wurde ein schräg dahintreibender Schneesturm, der Domplatz wurde silbern weiß. An den Schuhsohlen klebte ein nasser klebriger Brei.

Ich weiß nicht, wann und wo meine Liebe zu dieser Stadt angefangen hat, war es an einem Frühlingsmorgen, als das Sonnenlicht kam, als die Laternen ihr bleiches Licht verloren, als sich vor meinen Augen arm und reich wieder trennten?

Ich gehe gern durch das »Lateinische Viertel« spazieren, der Weg führt mich von der Michaelisstraße durch die Pergamenterstraße in die Allerheiligengasse, von hier wandere ich hinüber in die

Große Arche, nach Alt-Erfurt mit seiner veilchenblauen Vergangenheit. Da ist ein gewaltiges Tor, eine alte Mauer aus gelbem Sandstein, die Fenster sind keineswegs zierlich, weit entfernt von einem spitzwegischen Idyll, in den Höfen flattert die Kinderwäsche, kein Haus fällt hier aus dem Rahmen, bescheiden reicht das eine dem anderen die Hand. Gelassen fließt durch die alten Wohnviertel der Bergstrom, die Gera, eingeschnürt vom Mauerwerk, sie erinnert sich kaum an die Zeit, als sie als widerspenstiger Gebirgsbach, eiskalt, den Schneekopf hinabstürmte.

Erfurt ist eine heitere Stadt, keine fröhliche, es ist eine Stadt ohne Hochmut, ein Gildenhaus, ein Ratsherrengebäude, eine Handwerkerinnung, kein poetischer Boden, die Phantasie wird nicht gefordert, obwohl der Himmel hoch und weit über der Stadt steht, ein Himmel, der hell genug ist, um wachsam durchs Leben zu gehen. Und dennoch gibt es Orte, die mein Herz schneller schlagen lassen. So manches Fachwerkhaus erinnert mich an eine schöne Frau, man darf sich ihrer nicht im Sturmschritt nähern, man muß langsam auf sie zugehen, wie verzaubert steht sie da und macht dich sprachlos. Diese alten Häuser müssen ein Magnetfeld haben, sie ziehen mich immer wieder an, ihre Schönheit ist abendlich. Gäbe es vor den Toren der Stadt einen Weinberg, Alt-Erfurt wäre die prächtigste Traube am Stock.

Meine Überraschung war groß, als mir Gundula erzählte, daß sie nur ein paar Schritte von der Cyriaksburg entfernt in einem der kleinen Bungalows wohnt, die man vor Jahren am Südabhang des Berges errichtet hat. Der Weg zu ihrem Wohnhaus ist für mich zu einem Arkanum geworden. Ich weiß genau, wieviel Schritte ich gehen muß vom Südeingang der Parkanlage bis hinauf zu ihrer Tür.

In ihrer hellen lichten Wohnung fühle ich mich wohl. Hier gibt es keine Schrankwand, keine wuchtigen Polstersessel, die wenigen Möbel sind aus dem Holz der Polarkiefer, kastanienbraun, matt, man kann die Knorren zählen, die Sessel haben schwarzes Holz und helles Segeltuch, im Nebenzimmer steht eine breite Liege, eine spartanische Einrichtung. Die Lampe, unter der wir abends sitzen, ist ein einfacher Strahler, das Licht wird von der weißen Decke reflektiert und gibt dem ganzen Raum eine gleichmäßige Helligkeit.

Der Blick vom Fenster geht hinaus auf eine kleine Terrasse, einen Steinwurf weit vom Bungalow entfernt führt ein breiter Weg zu der Wasserachse, wo die Enten zu Hause sind, die Trauerschwäne und die Pfauenvögel. Im Frühling, sagt Gundula, blüht hier die Kaiserkrone, im Herbst leuchtet die Hagebutte.

Es gibt Tage, da ist ihr Gesicht von einer erschreckenden Schönheit. Was für ein Gesicht, frage ich mich, geht es nach dem Vater, der Mutter, oder ist es ein verwunschenes Gesicht?

Es gibt heute nur noch wenige Gesichter, die sich in ihrem Leben für Gott entschieden haben, das Gesicht meiner Mutter gehörte in diesen Kreis.

Haben die Menschen vergessen, daß unser Planet eine blaue Seele hat?

Heute vormittag habe ich das Manuskript für den neuen Schubert-Katalog fertiggestellt, er soll im kommenden Jahr gedruckt vorliegen.

Es gibt Tage, da lehne ich mich gegen diese Arbeit auf, es ist eine Arbeit ohne Gegengewicht.

Weit über vierzig Kirchen hatte gegen Ende des 14. Jahrhunderts die Stadt Erfordia, es waren Pfarr- und Klosterkirchen, Kapellen, Stifts- und Hospitalskirchen. Heute noch kann man vom Hotel am Ring, vom obersten Stockwerk aus, die Türme zählen, ein Turmblick, dem nichts verborgen bleibt. Die unterschiedlichsten Zeiten haben an diesen Türmen gebaut, jeder Turm hat seine eigene Gestalt: Hier gleicht das Dach einer Pyramide, ein Helmdach, ein Kaiserdach, ein paar Straßen weiter findet man ein Kegeldach, als Krönung den Turmknauf mit Kugel und Kreuz, aber auch die gotischen Türme mit ihren spitzen Helmen liegen unter deinem Blick, Türme mit einem rüden massigen Unterbau, Achtflächner.

Zu den Türmen meines Lebens gehört der Kirchturm meiner Kindheit, der Schiefe Turm zu Pisa, der Eiffel-Turm zu Paris. »Wer in der Höhe einer Turmstube wohnt«, läßt Martin Heidegger seinen Türmer in den Feldweg-Gesprächen sagen, »spürt das Erzittern der Welt eher und in weiter ausladenden Schwingungen.«

Es ist Abend, wir beugen uns über eine Landkarte, Gundula zeigt mir die Orte ihrer Kindheit, alles fremdklingende Namen wie Waidhofen an der Thaya, Heidenreichstein, Gmünd. Eine gute Stunde mit dem Fahrrad nach Norden und man steht an der österreichisch-böhmischen Grenze, auf der anderen Seite liegen die Städte Mährisch-Budweis und Znaim.

Gundula spricht oft von ihrem Vater, sie hat ihre Liebe zu ihm hinausgeschoben, bis es zu spät war. Er war Tischlermeister und gehörte zu den wenigen Handwerkern im Waldviertel, die nicht nur ihr Handwerk meisterlich beherrschten, er wußte noch um die selten gewordene Weisheit der Meister. Er war ein Mann, der in seinem Leben nie die Haltung verlor. Ich hatte immer das Gefühl, sagt sie, daß die Spur der Jahre an ihm vorübergegangen war, es gab keine Veränderungen, nur die Haare an den Schläfen wurden grau, die Demütigungen seines Landes hat er mit sich selbst ausgemacht. Er hatte in seinem Wesen etwas von dem Holz, mit dem er ein Leben lang gearbeitet hat, er machte Türen, Fenster, Tische und Stühle. Und wie er mich angeschaut, als Kind, und später als Frau. Er hat sich immer zu mir bücken müssen, weil er so groß war. Er hat mich nie aus den Augen verloren.

Es war eine gute Zeit, sagte sie, Schülerzeit, sonnige Tage, in der Aktentasche die Schulbücher für Deutsch, Mathematik, Geschichte. Am Wochenende, nach der letzten Unterrichtsstunde, gingen wir auf einen Eiscafé in die Herrengasse zu einem Italiener, und wenn wir am späten Nachmittag durch die Stadt spazierten, Gruß nach rechts »Grüß Gott, Frau Professor«, Gruß nach links »Guten Tag, Herr Doktor«. Am Abend saßen unsere Lehrer in der Schenke bei einem Schoppen Wein und spielten Tarock.

Die Kindheit ist für Gundula das einzige Land, das keine Krone zu vergeben hat, weder die Kaiserkrone der Habsburger noch die Krone der Zaren, auf keiner Landkarte ist es eingezeichnet, es ist ein Land, für das man keinen Paß benötigt, kein Einreisevisum, das man zu Fuß erwandern muß, das weit über den Tod hinausgeht …

… sie schloß die Tür, das Sommerkleid fiel von ihren Schultern zu Boden. Komm, leg dich zu mir, sagte sie, aber laß deine Hände bei dir.

Es war eine Liebesstunde, wie ich sie in meinem Leben noch nie erlebt habe. Ganz nahe lagen wir beieinander, Seite an Seite, nur eine Handbreit voneinander getrennt. Ich sah ihren schlanken knabenhaften Körper, den schmalen Hals, die Augen etwas schräg, sie waren groß, dunkel und sanft, sah ihre Brüste, den Schoß, wie eine lange dunkle Landzunge schob sich das Schamhaar bis zum Nabel, ich sah aber auch ihre Hand, die ganz ruhig neben der meinen lag, atmete die Kühle ihrer Haut, da war kein schweres süßes Parfüm, ihr Körper duftete nach Lavendel, Wasser und Wind.

Es war ein helles waches Nebeneinanderliegen, kein Dahindämmern. Ich habe meine Hand nicht auf ihre Brüste gelegt, und doch erlebte ich ein tiefes sinnliches Glück. Mit meinen Blicken habe ich sie umarmt, mit meinen Gedanken berührt, mir war, als spürte ich bis in die Fingerspitzen ihre Aura, da war etwas Körperloses, das man nicht sah, das keinen Schatten warf, und dennoch konnte ich es wahrnehmen.

Ich weiß nicht, wie lange ich in dieser Nacht an ihrer Seite lag. Ich sah, wie sich die Vorhänge am Fenster lautlos hin und her bewegten, sah von Zeit zu Zeit durch einen schmalen Spalt in den Garten. In dieser Nacht haben wir kein einziges Wort miteinander gesprochen, nur manchmal hat es vom Parkweg herüber steinern geknirscht …

Es gibt eine Sinnlichkeit, die unser Leben aufhellt, aber auch eine Sinnlichkeit, die alles in uns verdunkelt.

Im Südwesten der Stadt liegt ein steil abfallender Berg. Ende des 14. Jahrhunderts wurde hier eine Festung errichtet, die Cyriaksburg. Heute erstreckt sich die Erfurter Gartenausstellung in ihrer ganzen Länge und Breite über das Plateau. Die Hänge des Berges wurden als Raum schöpferisch aufgebrochen, der Boden ist nicht sehr tief, er ist trocken und liegt auf einem Kern von Buntsandstein und Keuper.

Schon aus der Ferne hört man das Summen der Grasmäher, kommt man näher, vernimmt man das Harken der Gärtner, die Wasserhähne sind aufgedreht, der Rasen wird gesprengt, Zerstäuber legen einen Wasserschleier in die Luft, langsam sickert das Naß in den Boden.

In den letzten Jahren habe ich so manche historische Gartenanlage besucht, den Wörlitzer Park, die Gärten von Sanssouci, doch das Farbenspiel der Blumen ist mir erst auf der Cyriaksburg bewußt geworden. Hier leuchten die Blüten in einer unvorstellbaren Farbenpracht, ein Schmelz liegt auf den Blütenblättern wie Email. Da ist als Farbe das reine Zinnober, das strahlende Silber, das den Menschen täuschende Gold, aber auch die Farben des Schimmels werden sichtbar, der giftige Grünspan. Ein paar Schritte weiter sind die Blüten strohblond, kupferfarben, von einem langsam ansteigenden Blau, verschlossene Farben von einem tiefen Rot bis hinüber zum Ultramarin, aber auch die offenen Töne haben hier ein Zuhause, die durchsichtigen, die aus dem Grasland kommen. Woher aber kommen die tiefen, dunklen Farben, die voller Schwermut sind, die metallischen Farben? Sind sie durch Auflösung entstanden, durch die Zersetzung mineralischer Stoffe? Aber auch das Weiß tritt leuchtend aus den Blumenbeeten hervor, ein Weiß, das dir den Atem verschlägt.

Bodenbearbeitung ist nicht nur hacken, jäten, gießen, düngen und säen, bei der Königskerze muß man die Wurzeln in die Tiefe zwingen, anderen Blumen genügt eine dünne Humusschicht, nicht alle lieben die fette deutsche Hausmannskost als Gartenerde, viele von ihnen brauchen einen trockenen, von der Sonne aufgeheizten Boden. Solche Mischungen dürfen für ein Blumenbeet nicht zu leicht und nicht zu schwer sein, und wo das Erdreich lehmig ist, wird es gesandet. Zu Großvaters Zeiten nahm man noch Pferdeäpfel und Kuhfladen aus dem Stall.

Ich habe bis heute nicht gewußt, wieviel Erden es bei der täglichen Gartenarbeit gibt:

Heideerde,
Lauberde,
Misterde,
saure Erde,
Schlammerde.

Ich kannte weder den gewachsenen Lehm der Schwemmländer noch den sandigen Lehm. Zum erstenmal denke ich ernsthaft über den Beruf des Gärtners nach, über einen Beruf, dem das Zerstörerische fremd ist.

Was sind das für Jahre, die der Mensch in seinem Leben die Mittleren nennt? Man weiß, daß sich unsere Lebenskraft nicht mehr mühelos von heute auf morgen erneuert, man hat den Gipfel des Berges erreicht, spürt, daß man seinem Körper nicht mehr alles zumuten kann, daß man überlegter mit seinen Kräften umgehen muß.

Die Fragen, die man sich in diesem Lebensalter stellt, gelten dem Wesenhaften und nicht mehr der äußeren Erscheinung. Es sind die Jahre, wo man die Bilderschrift, die die Vogelfüße in den Staub der Straße setzen, mit anderen Augen betrachtet, wo man selbst wieder beginnt, mit einem Stück Holz Hieroglyphen in den Sand zu malen.

Wann und wo beginnt die innere Biographie eines Menschen? Es ist eine stille, verborgene Biographie, sie ist mehr als der Herzschlag, sie wird in einem Text geschrieben, für den es keine Wortbrücken gibt.

Als ich mich am späten Nachmittag aus dem Fenster lehnte, war das Fensterblech von der Sonne so stark aufgeheizt, daß ich erschrocken meinen nackten Unterarm zurückzog.

Ich glaube nicht an ein verlorenes Paradies, ich vermute, daß der Mensch dem Paradies entwachsen ist.

Ich gehe gern in der Barfüßerkirche spazieren, hier, wo das Kirchenschiff der blaue Himmel ist. Kein Chor, keine Inschrift, alles ist leer, es gibt nur noch Aus- und Durchblicke, die Feuerfurie hat vor fünfzig Jahren die Kirche in Schutt und Asche gelegt, nichts ist geblieben, nur die Schwalben sind es, die Jahr für Jahr wiederkommen und sich ihre Nester hoch oben in der Brandmauer bauen.

Ein langgestrecktes Dach soll es gewesen sein, ohne Dachreiter, im Innern der Kirche schwere, reichgegliederte Pfeiler, gewaltige Arkaden, ein Kirchenbau von imponierender Wucht, eine Architektur, die aus dem Schema der deutschen Bettelordenskirchen ausgebrochen ist.

Ich lege meine Hand auf die Mauer, nein, diese Steine sind nicht tot, ich halte immer noch ein Stück Vergangenheit in meiner Hand, Jahrhunderte fangen wieder an zu leben. Ja, auch das war unsere Geschichte, auch das sind wir gewesen, wir sind es nicht mehr, und dennoch ist die Vergangenheit spürbar bis auf den heutigen Tag. Keiner hat es vorausgesehen, die Prophetie war lange schon tot, mundtot, und die Psalmisten hatten Schreibverbot.

Das Gras schießt zwischen den Steinen in die Höhe, da und dort ein paar Schmetterlinge, Bienenflug …

Gundula und ich stehen vor einem Aquarell von Lyonel Feininger: Barfüßerkirche II, 1923, Feder und Tusche. Auf diesem Aquarell wird keine in sich ruhende Kirche sichtbar, das gewaltige Bauwerk wird lediglich im Hintergrund des Bildes mit ein paar leichten Strichen angedeutet, selbst das Mauerwerk scheint durchsichtig zu sein, von einer Transparenz, als hätte der Künstler geahnt, daß diese Kirche eines Tages ohne Auferstehung für immer aus dem Stadtbild von Erfurt verschwinden würde.

Etwas Bestimmendes spricht aus diesem Bild, hier ist eine Klarheit, die keinen Zweifel aufkommen läßt, eine innere Sicherheit, Geschlossenheit, ein Abgeschlossensein. In diesem Aquarell ist von dem »lauten Wesen der Welt«, wie es Eckehardt einmal genannt hat, nichts zu spüren, überall ist eine zauberhafte Stille, man kann sie sehen, hören.

Feiningers Visionen, die er in die Malerei einbringt, sind neu, eine Beschwingtheit ist da, und dennoch unterwirft er sich einer strengen Disziplin. Er sieht die Welt wie durch ein Prisma, in vielen Brechungen, Perspektiven, es ist eine kristallinische Welt, sie verliert ihren tonigen erdhaften Ton, die Farben beginnen zu atmen. Die Wasserfarben werden touchiert, mit einem Pinsel flach aufgetragen. Da ist ein Malvengrün, ein Malvenblau, ein Malachit, das hinübergeht in ein leuchtendes Gelb, nur das tiefe Braunkohlenschwarz scheint für das Auge undurchdringbar. Der Himmel über der

Lyonel Feininger: Barfüßerkirche II, 1923
(Angermuseum Erfurt)

Kirche, ein zartes Hyazinthenblau. Für Feininger ist die Welt zu einem durchsichtigen Kristall geworden, das Transzendentale wird sichtbar.

Es gibt Bilder, die erinnern mich an die »Kunst der Fuge« von Johann Sebastian Bach. In seinem Werk werden aber auch Akkorde angeschlagen, Dissonanzen, schwarze Kadenzen, ich denke an die Kohlezeichnung »Schloßgasse Weimar«.

Es war die Nacht zum Totensonntag, November 1944, als die Barfüßerkirche bei einem amerikanischen Luftangriff in Schutt und Asche gelegt wurde.

... denn siehe, o Herr, ich bin gekommen, um auf der Erde Mensch zu sein, ein Fremder unter Fremden, ein Bittender unter Bittenden. Ich wollte dir mein ganzes Leben in die Hände legen, und am Ende war es nicht mehr als eine Handvoll Erde, sie füllte nicht einmal ein Vogelnest ...

Was sich seit Jahrtausenden auf den Friedhöfen der Welt vollzieht, ist die Einebnung des Fleisches.

Die Zeit scheint nicht mehr fern zu sein, wo die Rockmusiker ihre Konzerte auch auf den Friedhöfen der Städte abhalten werden, ich sehe sie heute schon zwischen den Grabsteinen hin und her springen, tanzen, über die Grüfte hinweg sich jagen.

Es sind die Fadheiten des Lebens, nach denen es den Menschen immer wieder gelüstet.

Seit Gundula hat sich so manches in meinem Leben verändert, mit frohen Gedanken stehe ich am Morgen auf, mit anderen Augen schlendere ich über den Markt, freue mich an dem Rot der Kirschen, an der feuchten Kühle der Salatblätter, sehe den Regenbogen, den der Sprengwagen über die Straße wirft, an einem solchen Morgen haben auch die Worte der Menschen einen helleren Klang.

Auf dem Anger ist ein stetes Kommen und Gehen, ein Vorbeihasten, ein Schleppen von Einkaufstaschen, ein verhaltenes Flanieren. Das Gedränge ist unübersehbar. Menschen kommen auf dich zu, gehen an dir vorbei, überholen dich, Gesicht neben Gesicht. Da ist ein heller Fleck, der plötzlich vor dir auftaucht, und ehe das Gesicht dir bewußt geworden, ist es schon wieder entschwunden. Ich sehe, wie der Menschenstrom zunimmt, wie sein Fließen stärker wird, wer weiß, woher die vielen Gesichter kommen, die Straße ist plötzlich zu einem lebendigen Wesen geworden. Eine solche Anhäufung der Menschen hat etwas Beklemmendes, da schießt schnell etwas zusammen, bleibt stehen, redet, trennt sich, geht weiter, Satzfetzen fliegen an deinem Ohr vorbei, Gesten, an denen manches ablesbar wird.

In den Nachmittagsstunden verändert der Anger sein Gesicht, da kommen die Frauen mit den langen wehenden Röcken, die den Gehsteig fegen, die Damen mit den blumigen Kleidern, den Frühlingshüten, unter denen die geflochtenen Haare blond herabhängen. Sie kommen daher im farbigen Rhythmus der Zeit, ihr Gesicht gleicht einem Farbtupfer, der auf dich zukommt, an dir vorübergeht, du drehst dich um, du wirst von ihnen mitgenommen, mitgezogen. Sie gehen so leicht, so selbstbewußt auf dem Anger auf und ab, als wäre das Leben das Selbstverständlichste auf der Welt. Die Mode ist zum Mythos unserer Zeit geworden, Silberschuhe am hellichten Tag, über dem nackten Nabel eine Schlange aus Gold, die Brüste halb bedeckt. Manchmal bleiben sie vor einem Juweliergeschäft stehen, hinter dem Panzerglas prachtvolle Steine, nachtschwarz der Turmalin, gefangenes Mondlicht im Opal, der kalte Glanz der Diamanten, dann gehen sie weiter in ihren kurzen Röcken aus leichtem Leder und schwenken die Hüften. Sie fühlen sich berufen, durch ihre Schönheit die Welt noch einmal zu retten …

… wer erinnert sich heute noch an die slawischen Kaufleute, an die Pflanze mit den gelben Blüten, die Isatis tindoria, an den Färberwaid? Es ist eine mannshohe Pflanze, über einen Meter hoch, ihre Stengel tragen lanzettenförmige Blätter, die sich nach oben hin in eine aus Blütentrauben bestehende Rispe verästeln; ihre schwarzen Schoten hängen an haarfeinen Stielen. Es ist ein dienendes Gewächs, die unteren Blätter werden in der Waidmühle von großen radförmigen Steinen zerquetscht, die Masse wird mit der Hand zu kleinen Ballen zusammengepreßt, auf einem Rost getrocknet und zu Pulver zerstampft. Mit Wasser angesetzt gewinnt man aus dem Brei das Indigoblau.

Das Waidkraut als Färbemittel war einst die Quelle des städtischen Reichtums. Die größte und schönste Straße der Stadt, der Anger, wurde als Waidanger angelegt. Bis hier her kamen die Sorben, die Wenden, die Awaren und haben mit dem Waidkraut Handel getrieben.

Wie eine Spinne lag die Stadt mitten im Thüringer Straßennetz: Eine Böhmische Straße führte hinunter nach Süden, eine Königsstraße nach Leipzig, die anderen Straßen gingen nach Westen und nach Norden.

In der Mittagspause saß ich im Lesesaal der Bibliothek und blätterte die überregionalen Tageszeitungen durch. In einer Meinung, die als Leserbrief abgedruckt war, fand ich einen bemerkenswerten Satz: »Ich glaube eher an die Jungfräulichkeit einer Hure als an die Aufrichtigkeit eines deutschen Politikers.«

Ein Bürger, der einen solchen Satz niederschreibt, muß in seinem Leben Dinge erlebt haben, die weit über den Alltag hinausgehen. Der Leserbrief kam aus dem Umfeld von Bischofferode, aus dem Kalibergbau.

Wer hat heute noch Zeit, über die Dinge des Lebens nachzudenken, wer läßt heute noch in einem Gespräch das eine oder andere Wort stehen, damit auch die Stille, die es umgibt, wieder hörbar wird? Unsere Worte haben keinen Atem mehr, wir hören auch nicht mehr auf die Atemzüge unseres Nachbarn.

Die Abendstunden fallen wie Wassertropfen in den Abguß ...

Gundula setzt Glockenblumen ins Beet, damit die Menschen ihr Läuten hören, ein Läuten, das es gar nicht gibt, sie möchte der Welt Ehre erweisen und pflanzt den Ehrenpreis, der auf jegliche Ehre verzichtet, sie läßt das Purpurknabenkraut in meinem Herzen aufblühen, ein Knabenkraut, das lange schon verblüht. Als sie mir erzählte, daß die Wegwarte am Morgen dunkelblau, des Mittags lichtblau und am Abend weißlich blüht, sah ich zum erstenmal in ihren Augen den Schalk.

Ich hatte es in meinem Leben immer schon mit den Flüssen zu tun, mit der Saale, der Unstrut, der Ilm.

Auch in Erfurt fließt vor meinem Fenster ein schmales Gewässer vorbei, es ist die Gera, ein blanker unbekümmerter Fluß. In seinem Flußbett gibt es ein paar Inseln mit hohem Gras und alten Weiden. Im Sommer, in der Mittagshitze, sitzen hier die Kinder und lassen ihre Beine ins kühle fließende Wasser hängen. Die Straßenarbeiter decken sich zur Mittagspause mit dem Schatten der Kastanienbäume zu und machen einen kurzen Mittagsschlaf. Da und dort führen Treppen hinunter an den Fluß, an die Schöpfe, hier haben einst unsere Großmütter die Wäsche gewaschen. Ein solcher Fluß nimmt nicht nur teil am Leben einer Stadt, er hat auch einen Flußgeist, nachts, wenn alles still, kann man ihn hören, wenn er über das Wasser hinweg mit sich selber redet.

Schon als Knabe habe ich gewußt, daß es nichts Schöneres gibt, als dem Fließen eines Flusses zuzusehen, besonders um die Mittagszeit, wenn das Sonnenlicht mit den Wellen spielt. Und am Abend, wenn ich am offenen Fenster sitze, überkommt mich auch heute noch eine unbeschreibliche Ruhe, es ist die Beständigkeit des Fließens, das nur in der Ruhe hörbar wird. An diesem Fluß habe ich zum erstenmal begriffen, daß es für den Menschen eine Unverletzlichkeit des Ortes geben muß, ein Heimischwerden, wo selbst der Staat sein Einspruchsrecht verliert, wo ein Ahnendes über den Menschen kommt, ein unaufhebbares Recht. Aber auch der Fluß behält sein Eigenes, das ihm keiner nehmen kann, er wohnt im Eigenen, im Fließen.

Jeder fließende Fluß ist Ankunft und Abschied zugleich, er kommt aus dem Gestern, geht durch das Heute und findet sich im Kommenden wieder, er, ein Kommendes und Schwindendes zugleich.

Halkyonische Tage, die Eisvögel meiner Kindheit waren blau gefiedert.

Wer war dieser namenlose Meister um 1370, der die »Madonna unter dem Baldachin« aus einem Baumstamm herausgeholt hat? Es ist eine der frühesten Darstellungen der Madonna der Apokalypse. Ihre Füße stehen auf dem Mond, die Gewandung ist elfenbeinfarben, mit goldenen Hirschen geschmückt, mit der linken Hand hält sie den gerafften Mantel, in der rechten Armbeuge das Jesuskind, ein Frühlingskind des Glaubens. Ihr Haupt wird von der Sonne umstrahlt. Vor einer solchen Gottesmutter wird selbst der Sternenhimmel zu einem Echo.

In einem solchen Wohnviertel gibt es keine Netze, die man auswirft, um einen Fisch an Land zu ziehen, keine Frauen, die in Lack und Leder vor ihrer Haustür auf und ab gehen, vergebens wird man hier nach einem Tanzlokal suchen, in diesen Häusern herrscht gedämpfte Stille, die Männer, die ein solches Haus betreten, wissen, in welcher Etage man zu klingeln hat, die Termine sind seit Tagen festgelegt, abgesprochen.

Hier wohnen ein paar Damen, die in jungen Jahren ihren erlernten Beruf an den Nagel gehängt und seit der Wende dem bezahlten Liebesdienst nachgehen. Sie alle sind gut gekleidet, keine aufgeputzten Flittchen, sie kennen die Wünsche der

Männer, ihre verdeckten Leidenschaften, sie wissen aber auch, wie man an das Geld der Kunden herankommt, haben Nachtvogelaugen, die auch um Mitternacht noch alles sehen, Ohren, die alles hören. Die meisten Kunden kommen zu Fuß, sie fahren nur selten mit ihrem Wagen bis vor das Haus, das Nummernschild könnte zum Verräter werden. Diese Männer sind niemals schlecht gelaunt, wenn sie hier ankommen. Es sind attraktive Häuser mit Sprechanlage an der Gartentür.

Der Umsatz in den letzten Jahren hat in diesem Geschäftsbereich zugenommen, die Wachstumsraten sind befriedigend. Keine Leidenschaft, alles ist berechenbar geworden, wird professionell geregelt. Sie empfangen ihre Liebhaber in einer gut eingerichteten Dreizimmerwohnung, jede Dame hat ihren eigenen Besucherkreis, man redet nicht darüber, man weiß, was die eigene Arbeit wert ist. Keiner sucht hier in dem Gesicht des anderen nach Liebe, das Feuer ist lange schon mit Asche zugedeckt, hier ist nichts, was von innen heraus noch brennt. Man begnügt sich mit dem Abbrennen einer Wunderkerze, auch wenn die Sterne, die zu Boden fallen, kalt sind.

Die Wohnungen dieser Damen gleichen einer uneinnehmbaren Festung. Fotografen, Reporter und Journalisten sind ausgeschlossen, und wenn es wirklich einem Reporter einmal gelingt, die Grenzlinien zu durchbrechen, muß er mit Konsequenzen rechnen. Hier gibt es keine Verstöße mehr gegen die Moral, man ist die Moral selbst.

Es gibt Nächte, da liege ich stundenlang wach, da höre ich die Nachtzüge in den Bahnhof einfahren, keine achthundert Meter von hier entfernt liegen die Geleise, manchmal erschreckt mich das schrille Läuten einer Nachtglocke aus der gegenüberliegenden Orthopädie.

Das Nachtgetier kommt lautlos angeflogen, es sind die Motten, die Spinner, die Bohrer.

Die Menschen sind auf einen nackten Fels gestoßen, die letzte Humusschicht hat der Wind in alle vier Himmelsrichtungen getrieben.

Zwei Tage lang hat es geregnet, schlugen die Regentropfen auf das Fensterbrett. Endlos schien das Wasser, das aus dem Himmel brach, Feld, Wald und Wiesen glichen einem riesigen Schwamm, von Zeit zu Zeit legte sich ein trüber Dunst über die Stadt, die Welt schien im Regen zu ertrinken.

Die Jahrhunderte haben seine Spuren verwischt. Im Predigerkloster soll er seine Gespräche geführt haben, im Refektorium. Mit welchen Gedanken würde er heute durch diese Stadt gehen? Er ist lange schon aus der Gegenwart herausgefallen, aber nicht aus der Zeit.

Heute würde der Meister aus Hochheim vergebens nach der christlichen Vollkommenheit suchen, von der er in seinen Predigten wiederholt gesprochen hat. Er würde einem lauen mittelmäßigen Christentum begegnen, das einer Tonne mit schalem Regenwasser gleicht. Die Menschen haben den Höhenweg Gottes verlassen und sind auf eine breite Asphaltstraße ausgewichen. Wohin man auch blickt, sei es in den Parteien, die sich die Christlichen nennen, sei es in den Gemeinden selbst, ein unaufrichtiges Bekenntnis.

Meister Eckehardt ist auch heute noch einer der ungekrönten Könige. Er erlebte die Gesellschaft in ihrer empirischen Wirklichkeit und Schwäche, den Staat in seiner ganzen Brüchigkeit. Er wußte, daß auch er nur im abgeleiteten Sinn sittlich sein kann, kannte die Gesellschaft, die vorwiegend auf Besitz angelegt war: »Sie lebt nach dem Fleische und nur selten nach dem Geiste«. Der Staat sollte dem Menschen nicht nur politische Sicherheit geben, seinem Leben Richtung und Ziel, er sollte den Bürger zu einer höheren Vollkommenheit führen. Ein Staat darf nur das fordern, was er selbst auch vorlebt! Er sprach in seinen Predigten von den Armen, »sie müssen das bloße Brot suchen in Regen und Schnee, in großer Kälte von Haus zu Haus«. Heute sind es die Obdachlosen, die in unserem Land nach Unterkunft, Arbeit und Brot schreien. Laß die Stimme in dir handeln, rief er den Gläubigen zu. In seinen Augen konnte niemand gut sein ohne

Güte, gerecht ohne Gerechtigkeit, weise ohne Weisheit. Er war immer auf der Suche nach der Vollkommenheit des Menschen, doch der Weg zur Vollkommenheit ist ohne Gerechtigkeit undenkbar. Der Staat ist nur dann ein Rechtsstaat, wenn er zugleich auch ein Sozialstaat ist, der Sozialstaat ist erst dann ein Sozialstaat, wenn er zugleich auch ein Rechtsstaat ist. Auch »der Stein hat Minne«, hat Eckehardt einmal gesagt.

Eckehardt und Luther, welch ein Gegensatz in ein und derselben Stadt. In beiden ist Schicksal, europäisches Schicksal. Eckehardt kommt aus der Unendlichkeit Gottes und führt den Menschen in die Unendlichkeit zurück, für Luther galt ein Leben lang die Theologie des Turmes: »Unser Gott, der eine feste Burg ist.«

Abendländische Dämonie: ein Denken in Gott, ein Denken gegen Gott aber auch der Chor der Thebanischen Alten aus Sophokles Antigone.

Vielfältig das Unheimliche, nichts doch
über den Menschen hinaus Unheimlicheres …

Wie muß der Mensch in Zukunft denken, damit es ihn nicht hinabreißt, damit er nicht selbst zu einer Zeitbombe wird für den blauen Planeten?

Wir sprechen immer nur vom Staat und nur selten von einer Staatsgestaltung, und wo bleibt die Frage nach dem Staatsverfall, der zugleich auch ein Kulturverfall ist?

Omne quod recipitur ad modum recipientis recipitur. Alles, was empfangen wird, wird empfangen nach der Art des Empfängers.

Gundula hat in den letzten Tagen immer nur im Gewächshaus gearbeitet. Jedes kleine Feld, jedes Tongefäß mit Saat wurde mit einem Namensschild versehen, feinste Sämereien mit einer Glasplatte abgedeckt, mit großen Bögen aus dunklem Papier …

Um eine Mittelachse entfaltet sich eine Welt, die schöner ist als die mineralische, die zoologische, es ist die Welt der Blumen, ein blühender Kosmos, der sich lautlos zwischen Erde und Himmel ausbreitet.

Was auf der Cyriaksburg der Sonne entgegentreibt, hat vor vielen hundert Jahren schon in den Klostergärten der Ursulinerinnen geblüht, es waren die Rosen, die Lilien und die Nelken. Aufbrechende Blumenlippen, schwere prachtvolle Kelche und wie sie im Wind schwanken, sich bewegen, mit ihren Blüten kleine Kreise in die Luft zeichnen. Man sieht es den Blumen an, die einen sind ganz Stil, drängen zur klassischen Form, die anderen haben dicke Stengel, üppiges Beiwerk, ihre Blüten sind voller Kraft, Hochbarock.

Der Türkenbund ist auf der Cyriaksburg genauso auffindbar wie das gefleckte Knabenkraut, da steht der Rittersporn in seiner blauen himmlischen Rüstung, die Zwerglilien marschieren auf, ein wilder Rosenstrauch hat seine Staubfäden vergoldet, milchweiß leuchten in der Nacht die Malven, Tränende Herzen hängen in den Fußweg hinein, mannshoch stehen die Königskerzen, und dort, wo der Frauenschuh leuchtet, ist Aphrodite zu Haus. Aber auch das Veilchen blüht auf, ein Blau, das stärker ist als das Blau des Himmels über den Abruzzen und nicht zu vergessen die Silberdistel, sie erinnert mich noch heute an Franz von Assisi, an seine Armutsfarben.

Es gibt aber auch Blüten, die sehen aus wie schön gewachsene Kristalle, haben metallische Farbtöne, die spielend ineinander übergehen, samtene Innenräume, Blüten wie aus Metall geschnitten.

Andere Blumen kommen aus dem Hochgebirge, aus einem Zwischenland, es sind die hartgewohnten Pflanzen, die es eilig haben mit dem Blühen, ferne Gäste aus dem asiatischen Raum, die wie im Halbschlaf dastehen, aber auch Mexiko blüht vor deinen Augen auf, Korbblütler, feuerrote Helme, Blüten, aufgespannt wie kleine Sonnenschirme, hier ein palmenhafter Schwung, dort, ein paar Schritte weiter, wird alles wieder statuarisch.

Quer durch die Gartenanlagen geht eine Wasserachse von Ost nach West, hier wachsen die Schilfe, die an den Wasserlauf gebunden sind, die Rohre, glasgrün wie das Wasser selbst, hier findet man aber auch die Hartgräser, die Blüten aus dem Hochmoor, ihr Aussehen hat fast etwas Dämonisches.

Die Flächendimensionen wurden aufgehoben, nach allen Himmelsrichtungen hat man die Gartenanlage erweitert bis hinab zu den Hängenden Gärten. Hier ist ein schmaler Schreitweg, man tritt von Platte zu Platte, dort eine glutansammelnde Mauer, hier die ordnende Hand des Gärtners, einen Steinwurf weit entfernt eine Gartenphantasie. Woher aber kommen die Namen der Blumen, ganze Buchseiten könnte man mit ihnen ausfüllen: Bauernschürze, Hexenbesen, Purpursalbei und Lavendel, Bischofsmantel, Nachtschattendorn, blauer Schierling und nicht zu vergessen den roten Tambourmajor, das Gottesgnadenkraut, den alten Geißbart. Eine blühende Lebenslust, unzählbar die Blumengesichter, keine Ständeordnung, jede Blüte hat ihre eigene Farbe, ihre eigene Tracht, manche schweifen aus, andere nehmen sich zurück. Blumen stehen zwischen Engel und Mensch. Wenn es einen Todesengel gibt, dann müßte es auch einen Blumenengel geben.

Für den Menschen ist jede Blume ein Gewinn und dort, wo sie welkt, ein herber Verlust. In jeder Blume lebt ein Stück der Weltenseele fort.

Wenn es zutrifft, daß der Mensch aus einem Garten kommt, dann hat er sich selbst aus diesem Garten vertrieben, hat Gartenfrevel begangen. Aus seiner ersten kleinen Missetat wurde eine Schandtat, aus dem Frevler ein Unmensch, aus dem Unmensch ein Mörder. Das philisterhafte Auftreten hat unsere Gewalttaten verdoppelt, verdreifacht. Die Vertreibung des Menschen aus den Gärten des Lebens nimmt zu.

Gartenarbeit ist mehr als nur graben, pflanzen, säen, sie hat immer auch etwas mit der Erweiterung unseres Bewußtseins zu tun, der eigenen Spiritualität. Es gibt Menschen, die eine besonders glückliche Hand im Umgang mit den Pflanzen haben. Vielleicht sind es ihre Gedanken, ihre Gefühle, die sie einer Blume entgegenbringen, ihre Worte, die sie unbewußt mit der Pflanze sprechen, vielleicht ist es die nichtmaterielle Welt, die in unserer dreidimensionalen Welt eine Wohnstatt hat.

Vor ein paar Tagen sagte mir Gundula, daß auch eine Blume an Einsamkeit leidet, wenn sie allein in einem Zimmer steht, daß sie »aufschreit«, wenn man ihr Schmerzen zufügt. Auch die Blume ist ein Lebewesen, wird sie bedroht, so ruft sie ihre Warnungen den anderen Blumen zu, sie ahnt aber auch auf ihre Art und Weise unsere Gedanken und Gefühle, alles, was lebt, hat ein Gedächtnis.

Natur und Mensch bewegen sich aufeinander zu, die Entfernungen zwischen Subjekt und Objekt werden geringer. Seit Goethe wissen wir: »Alles, was im Subjekt ist, ist im Objekt und noch etwas mehr. Alles, was im Objekt ist, ist im Subjekt und noch etwas mehr. Wir sind auf doppelte Weise verloren und geborgen. Dem Objekt sein Mehr zuzugestehen und auf unser subjektives Mehr zu verzichten. Das Subjekt mit seinem Mehr zu erhöhen und jenes Mehr nicht anerkennen.«

Ob Lehrling, Altgeselle oder Meister, Ingenieur, Wissenschaftler oder Politiker, jeder Mensch sollte etwas von der Arbeit des Gärtners, und sei es auch nur eine Handreichung, in seinen Alltag mit hinübernehmen, in seinen Beruf, die Welt würde sich mit Riesenschritten vom Abgrund entfernen, vor dem sie heute steht.

Dort, wo der Gärtner in uns stirbt, stirbt das Leben.

... sie lag auf dem Bett, das Haar war in ihrem Nacken zusammengeschlungen, an den Schläfen ein leichter Schatten.

So nah wie heute habe ich noch nie an ihrer Seite gelegen. Ich berührte ihre Lippen, küßte den Hals, liebkoste die Brüste. Noch nie habe ich so lange in ihre Augen gesehen wie an diesem Abend, mir war, als stürzte ich zurück in eine ferne unbekannte Erinnerung.

Wir hatten unsere Arme schützend umeinander gelegt, unsere Haut war nicht mehr Haut, wo ich auch immer meine Hand hinlegte, zwischen ihre Schultern, auf ihre Hüften, sie brannte auf, wurde Feuer. Ich spürte, wie unsere Fahrt schneller wurde, sah ihr Gesicht, das aufgelöste Haar, die ersten Brandungswellen schlugen über uns zusammen, da war ein Sich-Aufgeben, ein Hinübergleiten, wie ein Streichholz zerbrachen zwischen unseren Fingern die letzten Zäune, da war keine Fremdheit mehr, die uns trennte, die Liebe hatte ihren letzten Schleier von unserer Nacktheit genommen …

Die Tage kommen daher leicht wie ein Seidentuch im Wind.

Über dem Steigerwald leuchtende Wolkenfetzen.

Es gibt keine Sonntage mehr, sie stehen nur noch rot gedruckt im Kalender. In meiner Kindheit hatte an diesem Tag selbst noch die Luft etwas Sonntägliches. Alles war anders, das Gesicht der Mutter, die Worte des Vaters beim Frühstück, sonntäglich war auch die Kleidung, von den Schuhen bis zur Haarfrisur, aber auch die Menschen auf der Straße haben sich anders benommen, sie waren freundlicher, ansprechbarer. An diesem Tag war uns jede körperliche Arbeit untersagt, man sprach auch nicht von den Geschäften, vom Geld. Wer hört heute noch am Sonntag auf das Läuten der Glocken? Der Lärm auf der Straße ist gewalttätig geworden. Und das Glockenspiel am Anger? Keiner bleibt auf der Straße mehr stehen und hört nach oben. Auch das Ohr des Menschen scheint unter Zeitdruck zu stehen.

Die Zeit scheint vorbei zu sein, wo sich die Menschen noch Gedanken gemacht haben über »Wert und Ehre deutscher Sprache«. War es nicht Luther, der durch seine Bibelübersetzung dem schlafenden Riesen, wie Herder die deutsche Sprache einmal genannt hat, die Fesseln gelöst? Nun kommen die Dorfchirurgen und schnippeln mit Schere und Skalpell am Antlitz des Riesen herum.

Es gibt eine uralte Weisheit: Die Sprache hält Leib und Seele des Menschen zusammen. Doch die Pragmatiker von heute wollen eine Geschäftssprache, eine Computersprache, keiner fragt mehr nach dem Sprachgeist, er kann ruhig sterben, er wird in unserer Zeit nicht mehr benötigt, man treibt ihn aus.

Vielleicht war Bobrowski einer der Letzten, der um diese Dinge gewußt hat ...

Der Baum
größer als die Nacht
mit dem Atem der Talseen
mit dem Geflüster über
der Stille.

Die Steine
unter dem Fuß
die leuchtenden Adern
lange im Staub
für ewig.

Sprache
abgehetzt
mit dem müden Mund
auf dem endlosen Weg
zum Hause des Nachbarn.

Zwischen der Stummheit des Tieres und dem Schweigen Gottes steht die Sprache des Menschen. Solange noch der Wind mit ihren goldenen Blättern spielt, haben die Vögel in ihrem Baum ein Zuhause.

Gundula kann stundenlang über den Flohmarkt schlendern, ohne etwas zu kaufen. Es ist die Freude an den Dingen selbst, die hier ausliegen, altmodische Dinge, die man nur noch selten in einem Antiquitätsgeschäft findet: Alabastervasen, Bilder aus der Gartenlaube, einen russischen Stahlhelm aus dem Zweiten Weltkrieg mit dem Sowjetstern, ein verrostetes Kettenhemd und plötzlich zwischen dem Gerümpel eine Erstausgabe von Pliviers »Stalingrad«, der Umschlag ist aus schwarzer Pappe, der Titel des Buches rot. Bei den Briefmarken bleibe ich stehen, Berge von alten Postkarten, Briefmarkenkataloge, Briefumschläge mit und ohne Stempel, Sonderstempel in Rot, Gelb oder Schwarz und dazwischen, ich traue kaum meinen Augen, eine kleine Sammlung von Briefmarken mit den Staatsmännern aus der ersten Hälfte des zwanzigsten Jahrhunderts, so etwas hatte ich bisher noch nicht gesehen: da war der Deutsche Kaiser Wilhelm II., der Kaiser Franz Joseph I., da waren Hindenburg, Masaryk und Beneš, Pilsudski und Mussolini, Lenin, Stalin und nicht zu vergessen Adolf Hitler, da gab es Staatsmänner, die zu Verbrechern geworden, Offiziere, die zum Diktator aufgestiegen, Franco, aber auch die rumänischen und jugoslawischen Könige waren da, die nordischen Prinzessinnen.

Der Gang über den Flohmarkt hat sich für Gundula gelohnt, sie fand ein paar Damenhandschuhe, gestickt, ellbogenlang in Rosé.

Es ist Abend, wir sitzen vor dem Bungalow und blicken hinüber auf die weit ausholende Talsenke des Steigers, sehen die grünen Flecken der Laubbäume, das schwärzliche Blau der Nadelwälder, wie sich der Schatten der vorüberziehenden Wolken auf die Gärten legt.

Es war die Zeit der Kletten, erzählt Gundula, die wir als Kinder den Erwachsenen im Vorbeigehen in die Haare warfen, so leicht, daß sie es gar nicht gemerkt, auf den stillgelegten und verrosteten Eisenbahnschienen sind wir entlangbalanciert, wir sahen die Heckenrosen aufbrechen und die Herbstzeitlosen auf den Wiesen blühen, wir fragten uns, wie es möglich sei, daß vor einem finsteren Weltall ein blauer Himmel leuchtet, wir haben im Flußbett der Thaya nach weißen Kieselsteinen gesucht und sahen in der rasch aufsteigenden Oktoberkälte die Schmetterlinge sterben, und plötzlich war etwas Fremdes in unser Leben eingebrochen, dem wir hilflos gegenüberstanden …

Als dem Homo sapiens das erste Wort über die Lippen kam, hielt die Natur den Atem an.

Heute sind es genau drei Monate, als wir uns auf der Cyriaksburg zum erstenmal begegnet sind. Ich sehe Gundula von neuem auf mich zukommen, sie bleibt vor mir stehen: »Ich darf annehmen, mein Herr ...«

Hier haben sie auf die Abfertigung gewartet, die Kaufleute mit ihren Planwagen, die Pferde im Riemenzeug, vor sechshundert Jahren muß es gewesen sein, jeder einzelne Transport führte über die Brücke hinweg in die Stadt. Aber nicht nur die Kaufleute, auch die Fahrenden waren unterwegs, das Volk ohne Namen, lauthals trieben die Söldner ihre Pferde in die Schwemme.

Vor den Mauern der Stadt waren die Ufer der Gera schwer betretbar, da stockte das Wasser zwischen dem Schilf, Schwemmstreifen, die Wiesen waren sauer, nachts hörte man den Eulenschrei bis hinauf zu den Wachposten auf der Brücke. In der Nacht roch man vom Fluß her den Aschengeruch der verglimmenden Feuer.

Sechsmal war die Holzbrücke abgebrannt, die über die Gera geführt. 1325 hat man über die Furt eine auf sechs gewaltigen Bogen ruhende Steinbrücke gebaut. Hier siedelten sich die Kaufleute an, hier wohnten die Händler, die Krämer. Ende des vierzehnten Jahrhunderts sollen an die sechzig Wohn- und Handelshäuser auf dieser Brücke gestanden haben, die Zufahrt wurde im Osten wie auch im Westen von einer Wehrkirche bewacht.

Doch hinter den Häusern häufte sich der Kot, da faulte der Abfall vor sich hin, zitternd wie eh und je kamen die halbverhungerten Hunde, hochbeinig, auf den Menschen zu, ihre spitzen Schnauzen durchwühlten den Unrat.

Florenz hat den Ponto Vecchio, Erfurt seine Krämerbrücke.

Hinter der Krämerbrücke, im Schatten alter Kastanien, sitzen die Rentner, ich weiß bis heute nicht, worauf sie warten, vielleicht auf eine Postkutsche. Viele von ihnen sind alt, so alt, daß es sich die jungen Leute, die an ihnen vorübergehen, gar nicht mehr vorstellen können. Still sitzen sie da, sehen den Tauben nach, manchmal geht ihr Blick hinüber auf das andere Ufer, manchmal steht einer auf, greift nach dem Stock, geht ein paar Bänke weiter.

Sie haben sich lange schon von den Dingen verabschiedet, treten aus der Erscheinung zurück. Sie werden den Tod nicht schmecken, wenn er eines Tages auf sie zukommt, er wird sie überraschen, sie werden aufstehen und, ohne zu zögern, mit ihm auf die andere Flußseite gehen.

Ich komme gern zu den Alten, hier auf dem Kreuzsand, hinter der Krämerbrücke, wo im Frühling die Kastanien ihre Kerzen aufstecken, ich will noch ein wenig bei den Alten bleiben, hier steht die Zeit still, kein grelles Licht, die Luft ist immer etwas feucht und läßt sich auch im Sommer gut atmen.

Wenn es die Menschen nicht gäbe, vieles wäre leichter, keine fünfzig Jahre und die Natur hätte alles wieder im Griff. Die Gera würde ihr Flußbett selbst bestimmen, und das Unkraut auf dem Anger würde mannshoch blühen. Schnee, Regen und Wind hätten in der Stadt ein Zuhause, die Dächer wären abgedeckt, der Frost hätte seine Krallen in die Wasserleitungen geschlagen, flügelklatschend flögen die Fenster, die Türen auf und zu, und am Himmel wäre nur noch der kurze aber scharfe Schrei der Turmfalken zu hören ...

Am späten Nachmittag Spaziergang durch die Innenstadt, vor der Staatskanzlei bleibe ich stehen und sehe hinauf zum Erker. Hier oben muß es gewesen sein, wo einst Napoleon seine berühmt gewordenen Sätze zu Goethe gesprochen hat: »Voilá un homme« und »Die Politik ist das Schicksal«.

Vor dem Schlafengehen einen Blick aus dem Küchenfenster in den Hinterhof. Hier stehen die Häuser im Abbruch, Erdarbeiten, in der Nacht das phosphoreszierende Leuchten feuchter morschgewordener Balken.

Die Aura unserer Städte ist dünn geworden. Wer war es, der sie durchlöchert hat?

In dieser Stadt haben sich keine Herzöge niedergelassen wie einst in Weimar, Gotha oder Sondershausen, hier gibt es auch kein Schloß, keine Lustorte im Park, keinen Witwensitz, nur die Reste einer Burg und einer alten Zitadelle.

Erfurt ist eine Stadt, die man zu jeder Tages- und Nachtzeit überblicken kann, wo sich die Menschen noch nicht aus den Augen verlieren wie in Berlin, Hamburg oder München. Es ist eine Stadt, die sich dem Leben öffnet, wo sich auch heute noch Vergangenheit und Zukunft miteinander streiten. Das geistige Heimatgefühl findet man in diesen Mauern erst spät, doch wenn man es gefunden, ist es von Bestand. Einer solchen Stadt kann man auch nicht von heute auf morgen sein Du anbieten, nichts ist abgeschlossen, vieles ist immer noch offen, man kommt, bleibt stehen, geht weiter. Noch sind die Nachtszenen selten, wo aus dem zwölften Stockwerk eines Hotels die seidene Unterwäsche einer Dame hinaus in die Nacht geworfen wird. Die Jahre scheinen hier von langsamer Gangart zu sein, der Irrsinn läßt in dieser Stadt noch auf sich warten.

Und doch gibt es Tage, da gehe ich bestürzt über den Anger, da kann ich in den Gesichtern der Menschen Dinge lesen, die in keiner Tageszeitung stehen. Keiner weiß, ob er nicht morgen schon von der Leiter seines Lebens heruntergestoßen wird, auf der er sich mühsam nach oben gearbeitet. Sind wir nicht alle obdachlos geworden, hungern wir nicht alle nach dem, was uns im Leben kaum noch angeboten wird, nach Wahrheit?

Ich werde mich heute abend in den »Roten Ochsen« einschließen lassen, ich will in der Nacht noch einmal durch die Ausstellung gehen, allein, die »Klassik der Moderne« wird mich wach halten.

Schritt für Schritt werde ich durch den »Herbstwald« wandern, den Christian Rohlfs gemalt, von seinen Sträuchern ein paar »Schwarze Beeren« pflücken und mich anschließend in seiner »Landschaft bei Soest« ausruhen. Bei Karl Hofer werde ich anklopfen und ihn bitten, daß er das »Mädchen mit der blauen Vase« aus seinem Bild heraustreten läßt, ich möchte Hand in Hand mit ihr durch die Tessiner Landschaft wandern, Beckmanns »Grüne Kerze« wollen wir anzünden und mit ihrem Licht Noldes »Mädchenkopf« ausleuchten, später, gegen Mitternacht werde ich mich in eine Wolldecke einhüllen, um den Rest der Nacht vor Kanoldts Bild »Gehöft im Winter« zuzubringen, und plötzlich wird alles wieder da sein, was ich als Knabe an einem solchen Wintertag erlebt, gegen Morgen wird mich Barlachs »Flötenspieler« wecken.

Ein Engel mit Schwert muß vor dem »Roten Ochsen« Wache halten, damit ich mir nicht in den frühen Morgenstunden, wenn Erfurt noch schläft, das eine oder andere Bild mit nach Hause nehme.

Im Nordosten der Stadt liegt das ehemalige Industriegebiet und rostet still vor sich hin. Viel Zerfallenes, Abgewickeltes, der über den Dächern hängende Industrierauch ist selten geworden, die

»Blühenden Landschaften« lassen immer noch auf sich warten.

Die Arbeitslosigkeit verändert den Menschen, sie macht sich bis in seine Fingerspitzen bemerkbar, wer in seinem Leben noch nie arbeitslos war, redet an diesen Dingen vorbei. Das Leben eines Arbeitslosen ist offen wie ein Grab, die Länge des Tages nimmt zu, sie wachen am Morgen auf mit dem Gefühl, ohne Arbeit zu sein, gehen sinnlos von einem Tag in den anderen, aber auch die jungen Menschen, sie haben noch nicht einmal die Hälfte ihres Lebens hinter sich, da stehen sie vor dem Arbeitsamt Schlange.

Was wir heute erleben, ist alles andere als ein gesellschaftlicher Fortschritt. Der Mensch hat an Substanz verloren, die Verflachung des Lebens nimmt zu, die Explosion der Erdbevölkerung erschüttert den Planeten, grob gesprochen: Die Masse kocht über, der Mensch ist billiger geworden, er wird preisgesenkt, rentabel für die, die ein Leben lang von der Arbeit anderer leben.

Wir bewegen uns auf einer Krümmung, die nicht mehr zum Menschen zurückführt, wir machen eine Schleife, fallen uns selbst in den Rücken.

Im Schwimmbecken der Demokratie jagen die Haie.

John F. Kennedy hat in einer seiner letzten großen Reden von »Blühenden Schulen« gesprochen als untrügliches Zeichen einer echten Demokratie.

»Blühende Schulen« sind die Voraussetzung für »Blühende Landschaften«.

Leg dein Ohr an den Bundestag, das Getöse hinter den Mauern nimmt zu ...

Woher kamen sie? Es waren Ärzte, Beamte, Kaufleute und Offiziere, sie haben ihren Beruf an den Nagel gehängt und sich auf Wanderschaft begeben, sie waren auf der Suche nach den schönsten Blumen der Welt, wanderten durch Mexiko, Brasilien und Chile, bis zu den Schneegrenzen des Himalaja stießen sie vor, in den Sumpfwäldern der Tropen waren sie unterwegs, in den ausgetrockneten Steppen hatten sie ihr Zeltlager aufgeschlagen. Der Adel in Europa hatte eine neue Liebe entdeckt, es war die Liebe zu den Blumen. Er hat tief in seine Taschen gegriffen, die fürstlichen Schatullen wurden leer.

In zerschlissenen Tropenanzügen waren diese Männer jahrelang unterwegs, dreckig, verschwitzt, ihre Begeisterung muß unvorstellbar gewesen sein. Sie haben Entbehrungen auf sich genommen, Tropengeschwüre, Malaria, Sumpffieber, sie opferten ihr Leben für ein paar Blumen. Als sie nach Jahren heimatlichen Boden betraten, wurden sie mit Orden und Ehrenzeichen überschüttet.

Es hat Forscher gegeben, die sind todkrank in den Tropen zusammengebrochen, andere wieder haben sich noch einmal aufgerafft, um den heimatlichen Hafen zu erreichen. Ohne diese Männer wäre die Blumenpracht in den Gärten Europas nur halb so schön. Die einen sind ausgezogen und haben am Tag achtzehn Stunden lang Gold gewaschen, die anderen haben nach dem Schönsten gesucht, das uns die Erde in die Hand gelegt, nach den Blumen. Keiner dieser Männer war auf der Suche nach einer neuen Kolonie, nach Reichtum und Besitz, sie waren bereit, für ihren inneren Auftrag zu sterben. Wer denkt heute noch an diese Männer, wenn er mit seinen Kindern durch die Blumengärten der Cyriaksburg spazierengeht?

Ist hinter diesen Blumen nicht auch heute noch, schattenhaft, die europäische Geschichte ablesbar? Im 16. Jahrhundert kamen die neuen Blumen über Wien nach Europa, es waren die Habsburger, die das Tor zu einer neuen Blumenwelt aufgestoßen; im 19. Jahrhundert war es das britische Empire, das den Botanikern über London den Weg zu den restlichen Blumenschätzen der Erde öffnete …

Es war im siebzehnten Jahrhundert, als ein bescheidener Bürger der Stadt, Christian Reichardt, den Grundstein für die Erfurter Blumenzucht gelegt hat. Er wurde 1685 geboren und ist im hohen Alter von 89 Jahren gestorben. Mit ihm begann der Aufstieg der thüringischen Gärtnerjugend, die in allen großen Schloßgärten tätig war.

Die Blumenfelder lagen damals unweit des Domes. Levkojen kamen auf den Markt, die ersten Hortensien, die ersten Rosen. Man huldigte den Frauen der Stadt und gab den einzelnen Blumen Namen wie »die schöne Erfurterin«. Goethe hat in seinem Alterswerk, im »Westöstlichen Divan«, die rot und weiß gesprenkelten Felder um Erfurt mit einem Teppich von Schiras verglichen.

Rot und weiß, gemischt, gesprenkelt,
Wüßt' ich schönres nicht zu schauen,
Doch wie, Hafis, kommt dein Schiras
Auf des Nordens trübe Gauen?

Ja es sind die bunten Mohne,
Die sich nachbarlich erstrecken,
Und, dem Kriegesgott zum Hohne,
Felder streifweiß freundlich decken.

Möge stets so der Gescheute
Nutzend Blumenzierde pflegen,
Und ein Sonnenschein, wie heute,
Klären sich auf meinen Wegen!

Auch heute noch ist die Blume das Urbild der Poesie, ich denke an das Gedicht von Günter Eich »Königin Hortense«:

Alles in Blau, obwohl du kein Blau
siehst:

Königin Hortense,
der Sommerhut breitrandig,
die vielen Bänder.

In Verbannung hinter der Hecke –
  wie lange noch?
Niemand hat es gewußt, Majestät.
Ein Handschuhwinken: Geste aus
  Blütenstaub,
die Huld eines Mundes in Wespen-
  flügeln.
Leicht zu vertauschen mit einer Blume,
  ach Königin.

Wer wart ihr andern im Garten,
  schreckliche Seelen?
Gebt Ruh, ihr, verborgen hinter der
  Schönheit!
Wo fängt eure Stille an? Es klirrt
von Geschmeide, von Ketten,
von Schaufeln, von Schwertern.
Es schreit.

Ich denke an das Gedicht der Nelly Sachs aus ihrem Spätwerk »Teile dich Nacht«:

Ein Faustschlag hinter der Hecke
Da liegt einer
Nichts Schlimmeres als Vorübergehn
Keiner bleibt stehn

Nichts zu sagen
Der Jasmin hat nicht seinen Duft
gewechselt.

Die Götter haben ihren Platz geräumt für die Sirenen.

Es ist Ende August, die Hundstage sind lange schon vorbei, das Blau des Himmels ist kräftiger geworden, die Sonne leuchtender, die Konturen von Licht und Schatten sind nicht mehr so hart, die Farben der Blumen haben an Sattheit zugenommen.

Vergebens suche ich am Morgen, wenn ich auf dem Weg zur Arbeit bin, nach einem Gesicht, das mich an die alten Ratsherrengesichter aus dem 16. oder 17. Jahrhundert erinnert. Sind die Gesichter von damals den Gesichtern von heute so fremd, haben wir uns bereits so weit von ihnen entfernt, oder ist das Menschengesicht unserer Tage so blaß, daß wir keine Wahlverwandtschaft mehr entdecken? Ich denke an den Ratsmeister Ganglof von Millwitz, an den Magister Georg Silberschlag, an den Oberstratsmeister Johann Hallenhorst. Es waren strenge Herren, sie wurden angenommen, verehrt oder verachtet.

Da ist der Ratsmeister Ganglof von Millwitz, der Stadtvogt, Patrizierfamilie seit Generationen, er saß auf einem dieser hohen Sessel »Got gab. Got nahm«. Es ist ein Schädel, der lautlos zu uns spricht, ein Schädelgewölbe und dann diese Stirn, als käme sie ganz und gar aus sich selbst, man hat den Eindruck, als müßte sich alles, was in dieser Stadt geschieht, nach dieser Stirn richten. Es ist ein Gesicht, das die Ordnung des Lebens sichtbar macht, eine Ordnung, ohne die ein Gemeinwesen nicht existieren kann, kein dienendes Gesicht, der Ansatz zu einem imperialen Charakter wird sichtbar.

Ich gehe von Bild zu Bild, es ist, als hätten die Maler von damals jedes einzelne Gesicht aus dem Dunkel der Zeit heraufholen müssen in die Helligkeit des Tages. Es sind selbstbewußte Gesichter, sie sagen klar und deutlich: Ich bin. Kein Übermut, vielleicht da und dort ein Trotz dem Schicksal gegenüber. Es sind Männer, die in ihrem Leben etwas gewagt haben, es sind die Ratsherren, die auch ein Erdbeben überstehn. Diese Gesichter sind ganz da, sie bilden eine Einheit, brechen noch nicht auseinander, noch sind die Taten dieser Männer nicht losgelöst von ihrem Gewissen. Jedes dieser Gesichter ist ein Weg zu sich selbst.

Es gibt aber auch Porträts, da springt dich das Gesicht förmlich an, es ergreift von dir Besitz. In den mittelalterlichen Städten muß in dem Gesicht der Menschen etwas lebendig geworden sein, das weit über ihre Zeit hinausgeht, es hatte die Kraft, den Stil seiner Zeit mitzubestimmen. Vielleicht hat dieses oder jenes Gesicht dem Maler gesagt, wie er es darstellen muß, damals gab es noch keine gegenstandslose Malerei, die wie ein leerer unbeschriebener Grabstein auf dem Gesicht des Menschen liegt. Der Porträtmaler unterwarf sich einem Gesetz, das er selbst nicht immer begriffen hat.

Auch Erfurt hat heute einen Flugplatz, er liegt außerhalb der Stadt, und die Flugzeuge scheinen nur noch eine Handbreit über den Dächern in die Einflugschneise einzufliegen. Sie kommen von Frankfurt, Dresden oder von anderswo. Tag für Tag kann man sie hören, wenn sie mit gedrosselter Kraft anlangen. Es gibt Tage, da vibrieren die Fensterscheiben. Wer nahe genug beim Flugplatz wohnt kann die Landung der Flugzeuge beobachten, das Ausfahren der Fahrgestelle, sieht, wie die Landeklappen nach unten fallen. Wenn es dunkel wird, leuchten zu beiden Seiten der Rollbahn die Lichterketten auf.

Die Zeiten sind vorbei, als die Kinder noch mit weitgeöffnetem Mund auf dem Domplatz standen und dem Flugzeug nachsahen. Auch ihre Ohren haben sich lange schon an den Düsenlärm gewöhnt.

An manchen Tagen fliegen die Flugzeuge so niedrig über die Stadt hinweg, daß man an der unteren Seite der Tragflächen die vernieteten Blechteile zählen kann.

Wir sitzen auf der Terrasse bei einer Tasse grünen Tee, vor uns eine Säule tanzender Mücken. Wer nicht tanzt, muß zu Hause bleiben, sagt Gundula.

Ich blicke gern in Gundulas Gesicht, es ist ein Gesicht, das keinen großen Lärm macht, das auch für den anderen Menschen noch da ist. Es hat nichts von der Eleganz, der gekünstelten Gleichgültigkeit einer postmodernen Frau. Gundula hat ein nachdenkliches Gesicht, ich höre gern auf ihr Schweigen.

... am Horizont ein breiter fiedriger Streifen, es sieht aus wie ein ferner Funkenflug, wie eine Regenwand aus Licht. Diese leuchtende Erscheinung erinnert mich an die flammenartig kreisenden Pinselstriche des späten van Gogh.

Diese Funken kommen nicht aus einem Schornstein, sie fallen aus dem Blau des Himmels direkt auf den Steiger herab. Was aber ist es, eine Lichtspiegelung, ein sichtbar gewordenes Energiefeld?

Bei Theodor Fechner habe ich vor Jahren einmal gelesen, daß die Atome Zentren reiner Energie sind, die untersten Bausteine einer geistigen Hierarchie.

Abendläuten. Man sagt, daß das Geläut des Domes die Himmelskuppel trägt. Sind es die Intervalle eines Dur- und Mollakkordes c, e, g; c, f, as, e, oder ist es ein Geläut mit diatonischer Tonfolge?

Manchmal denke ich mir, alles was ist, trägt das

Echo eines Tones in sich. Und wenn der Mensch eines Tages selbst zu einer Glocke wird, zu einem Klöppel, einer Glockenwand?

Man schrieb das Jahr 1468. Die ersten Münzen wurden geschlagen, die ersten silbernen Groschen mit dem Heiligen Martin zu Pferde in Umlauf gebracht, »Sanctus Martinus episcopus«.

Die Bauern aus den umliegenden Dörfern haben auf dem Domplatz ihre Stände aufgebaut, es ist Wochenendmarkt. Was aus den Bauerngärten kommt, riecht gut, die Blumen leuchten heiter, da stehen die Kisten mit dem Thüringer Obst, dicke Karottenbündel liegen auf den Tischen, Würzkräuter, Blumenkohl, erdige Frische überall. Alles, was die Bauern hier anbieten, wurde einst aus Wildgräsern gezogen, aus Wildgemüse. Das Angebot ist üppig, für die Salatschüssel den Feldsalat, die Brunnenkresse, den Eissalat, keine genmanipulierten Tomaten, es sind Strauchtomaten, auf den eigenen Feldern gewachsen, die Erdäpfel mildmehlig. Die Bäuerinnen bieten aus ihren Bauerngärten die letzten dunkelroten Kirschen an, die Schattenmorelle, Sommeräpfel liegen da, Zwiebelschoten, der frischgeerntete Knoblauch, seine Schalen weißviolett. Auf einem solchen Markt fühlt man sich wohl, da bin auch ich zu Haus, da kehre ich gern dem spanischen Spargel den Rücken und warte, bis der deutsche gestochen wird, aber auch den italienischen Pfirsichen, die dem Käufer steinhart angeboten werden, zeige ich die Schulter.

In den Tonkrügen eingelegte Gurken, Sauerkraut, ein paar Schritte weiter Petersilie, Majoran und Dill. Ich warte auf die ersten schwarzen Johannisbeeren, auf die Stachelbeere, süß, weich und schwärig. In den offenen Tongefäßen die Körner für die eigene Schrotmühle, nichts ist abgepackt, alles liegt sichtbar vor deinen Augen da, hier kann der Käufer die Ware noch in die Hand nehmen, hier kann er wählen, auswählen, nichts wird vorgegeben.

Eine Bäuerin aus Großrudestedt erzählt mir, daß die Cox-Orangenrenette und eine ganze Reihe anderer kleiner Apfelsorten nicht mehr auf den Markt dürfen, sie entsprächen nicht der europäischen Norm. Bis in den Schlaf höre ich das Gelächter des Göttervaters Zeus über die europäische Bürokratie.

Wir gehen weiter durch das Stimmengewirr. Der Domplatz ist zu einer großen, grünen Insel geworden. Ein Imker mit Honig steht da, er bricht von der Wabe ein Stück ab, du kannst den Honig auskauen, aber auch der Türkische Honig ist im Angebot, eine Näscherei aus Mehl, Sesamöl und Zucker, Halwa sagen die Araber. Plötzlich der Duft von einem Holzfeuer: Fladenbrot. Man kommt, riecht, pirscht sich an die Stände heran, nimmt die Gelegenheit wahr, Gundula kostet einen Happen Brot mit Schafskäse, hier kann man sich vergnügen, sagt sie, ich bin dabei.

Die Marktfrau ist bis heute eine archaische Natur, nicht wegzudenken aus dem Leben einer thüringischen Stadt. So lange noch die Bauern aus den umliegenden Dörfern ihren Wochenmarkt abhalten, ist der Mensch nur bedingt der Konservenindustrie ausgeliefert. Zweimal in der Woche ein sich wiederholendes Bild: Marktfrauen bauen am Morgen ihre Stände auf, reißen sie am Abend wieder ein, sie leben alle noch in einer wesentlich langsameren Zeit als ihre vornehmen Schwestern aus dem Bankgewerbe.

Ich hatte es mir angewöhnt, nachts, wenn ich nicht schlafen kann, durch die Gartenanlagen spazierenzugehen. Gundula hat einen tiefen, festen Schlaf, sie ist müde von der Arbeit und der frischen Luft.

Der Himmel ist leicht bezogen, kein Mondlicht und doch geben die Wolkenfelder einen zarten Schein. Zuweilen begleitet mich ein Nachtgetier, ich höre ein verhaltenes Fauchen, ein leises Scharren und Tappen.

In der Nacht verlieren sich die einzelnen Blumen, nichts steht mehr scharf abgegrenzt nebeneinander, die Beete werden zu einer dunklen, unübersehbaren Masse, und darüber ist ein Himmel ohne Mond, nur die Sterne flimmern. Auch die Rosen, bewegungslos, ohne Farbe. Oft bleibe ich in der Nähe der Wasserachse stehen, setze mich auf eine Bank, höre auf das Plätschern der Springbrunnen, manchmal sehe ich am Horizont den Scheinwerfer eines Autos aufleuchten, doch dann stürzt alles wieder in die Nacht zurück, es wird still, das ferne Summen ist vorbei, ich höre nur noch das Flüstern der Pappeln. Ich gehe langsam von Beet zu Beet, alles liegt licht- und randlos vor meinen Augen da. Es ist das Ungewisse, das nachts auf uns zukommt. Und wer steht dort am Kreuzweg, an der Wegscheide, ich kann es nicht erkennen, es könnte eine Gestalt aus den Grimmschen Märchen sein, oder ist es Hekate selbst?

Wir haben dem Leben gegenüber immer wieder unsere Reverenz erwiesen, wir sind hoch zu Pferd durch die Tore der Städte geritten, und doch waren wir nicht mehr das, wofür wir uns gehalten. Viel zu spät haben wir begriffen, daß wir uns die Schminke aus dem Gesicht wischen müssen …

Zwei Dinge sind es, die ein Leben lang durch die Hand des Menschen gehen: die Blume und das Geld. Das Geld erwartet vom Menschen einen gekrümmten Rücken, eine dienende Hand, die Blume ein liebendes Herz. Das Geld bindet unsere Füße nach unten, die Blume öffnet unsere Hände nach oben.

Jeder Mensch könnte über sein Leben ein Buch schreiben. Für jeden Menschen ist das Mahl, das ihm das Leben bereitet, eines Tages zu Ende, die Lichter werden gelöscht, die Speisereste abgetragen.

Mnemosyne, umarme mich, aber halte mich nicht fest.

In den frühen Morgenstunden kein Grollen, schlagartig war das Wetter da, ein helles, hartes Schmettern, Blitz und Donner folgten kurz aufeinander. Es schien, als wäre die Welt aus den Fugen geraten, ein tosender Aufruhr, ganze Wassersäulen stürzten in die Straßen, manchmal glaubte ich, ein Zischen in der Wolkendecke zu hören.

Knöcheltief steht auf dem Domplatz das Wasser, aus den Kanaldeckeln springt es heraus, aus allen Gullys sprudelt es hervor, die Domstufen sind zu einer riesigen Kaskade geworden, so schnell kann das Wasser gar nicht abfließen, wie es vom Himmel fällt.

Ein einmotoriges Flugzeug, eine Cessna, fliegt über die Dächer der Stadt und schleppt eine riesige weiße Fahne hinter sich her: Dresdner Bank. Manchmal fallen bunte Luftballons aus dem Himmel, den Kindern in die Hand, mitten auf dem Domplatz. In Richtung Erfurt-Nord staut sich der Verkehr, Männer in orangenfarbenen Jacken arbeiten mit einem Schweißgerät an einer Straßenbahnschiene. Auf dem Fischmarkt, im »Roten Ochsen«, gibt es eine neue Ausstellung über »Moderne Keramik«. Die Feuerwehr rast mit Blaulicht durch die Stadt, alles flüchtet von der Straße hinauf auf den Gehsteig.

Das Arbeitsamt hat Hochkonjunktur, die halbe Stadt scheint auf den Füßen zu sein. Am Domplatz steigen nachts die Kirchenglocken vom Turm, torkeln die Domstufen hinab in die nächste Kneipe. An manchen Tagen wird auf dem Domplatz Theater gespielt, kein Hofmannsthal, kein Jedermann, nein, kleines Welttheater, Geschichten aus dem Thüringer Landtag. Der Mut der Bürger scheint vorbei zu sein, da ist keiner mehr, der sein Zeitalter in die Schranken fordert.

An der Straßenkreuzung Bahnhofstraße/Gagarinring, wo die Deutsche und die Dresdner Bank sich die Hände reichen, stellt keiner mehr eine brennende Kerze ins Fenster. Vor dem Rathaus stehen ein paar Bürger und sprechen mit dem Pförtner. Nein, heute ist der Herr Oberbürgermeister nicht zu sprechen, er hat Migräne. Der sogenannte Wolfram, eine Bronzeplastik aus dem Mittelalter, soll in dieser Nacht verschwunden sein. Kein Diebstahl, sagt der Bischof, er ist müde geworden, sechshundert Jahre hat er den Menschen geleuchtet, er hat sich in der Sakristei für ein paar Stunden aufs Ohr gelegt.

Kurz vor Mitternacht kommen die Kolonnen vom Ordnungsdienst und bringen die Straßen und Plätze wieder in Ordnung, die Gehsteige mit den umgekippten Mülltonnen. In der Nacht sind die

Straßen leer, die Menschen haben Angst, allein durch die Stadt zu gehen.

Wenn in Peking ein Bürgerrechtler verhaftet wird und zu zwölf Jahren Gefängnis verurteilt, laufen in Europa die Telefondrähte heiß, wenn in den Großstädten Südamerikas die Straßenkinder, die kein Zuhause mehr haben und auf der Straße vegetieren, von bezahlten Mördern erschossen werden, sechshundert in einer Nacht, damit sich keine bettelnde Hand den Touristen entgegenstreckt, schweigen unsere Faxgeräte, und die Verantwortlichen spielen weiterhin Tennis mit goldenen Bällen.

Was ist es, das den Menschen zu sich selber kommen läßt? Seit meiner Kindheit lebt in mir etwas fort, das größer ist als unsere Sprache, als unser Denken, unser Fühlen, größer als unser Schicksal, vor dem wir zurückschrecken, wenn es sich zu erkennen gibt.

Ich werde heute keine einzige Zeile schreiben, ich werde abwarten, was der Tag mir bringt. Ich werde die Wohnungstür abschließen und so tun, als wäre keiner zu Haus. Der Tag, ein langes, langes Schweigen ...

Gestern habe ich in einem Antiquariat einen dünnen schmalen Band erworben, »Das letzte Gesicht«. Es sind achtundsechzig Totenmasken, herausgegeben von Egon Friedell. Die Fotografien beginnen mit einer griechischen Goldblechmaske und führen den Betrachter über die Renaissance bis zu Gustav Mahler und Sun-Yat-Sen. Das Titelblatt fehlt. Der Band muß Ende der zwanziger Jahre erschienen sein.

Bereits auf den ersten Seiten finde ich eine Totenmaske, die mich betroffen macht, es ist die Maske von Lorenzo del' Medici, dem ungekrönten König der Republik Florenz. Es ist ein Gesicht, das dir von weitem schon zuruft: Wehe, wenn du hinter meine Totenmaske blickst, keine Annäherung, bleib, wo du bist!

Jede einzelne Maske gleicht einem anderen Akkord, einer verdeckten Botschaft. Welch ein Abglanz liegt auf dem letzten Gesicht des Menschen, ehe er zu Staub zerfällt. Das Geistige dominiert, sei es bei Hebbel, Anton Bruckner oder Adalbert Stifter. Diese Gesichter sind Tore in eine andere Welt. Ein verhaltener Schimmer leuchtet durch die Totenmasken hindurch, vielleicht ist es das Licht, das von dem anderen Ufer des Lebens herüberleuchtet. Es gibt aber auch Masken, da liegt auf dem Gesicht des Toten ein plötzliches Erstaunen, eine ungeheure Überraschung, das Siegel ist aufgebrochen.

Ich bezweifle, daß ein Bildhauer in der Lage ist, diese ganzen Dimensionen, die in einer Totenmaske sichtbar werden, aus einem Marmorblock herauszuschlagen. Die Luft ist dünner geworden, die Materie erstarrt, die tiefer liegenden Schichten der Seele werden sichtbar. Oder hält die Totenmaske den Augenblick fest, wo der Mensch heraustritt aus der Zeit? Der gesichtstragende Mensch, tiergesichtig, vogelgesichtig, nur selten ein Blumengesicht.

Die Erinnerung an die vorhergegangenen Erdenleben –, da ist nur noch ein Windhauch, der wie eine ferne Ahnung über das Meer herüberweht.

»Ich denke es mir ideal, ein Feldbett oder sonst eine alte Liegestatt aus dem Bestand in den Raum selbst zu stellen und so die beste Zeit am Morgen gleich voll ausnützen zu können. Ich hoffe, auf ein völliges Unsichtbar sein können.« So schrieb Erich Heckel am 14. Mai 1922 an den Direktor des Städtischen Museums in Erfurt Walter Kaesbach.

Es muß für Heckel ein Sonnenjahr gewesen sein. Er hat in seinem Werk »Lebensstufen« die einzelnen Lebensalter des Menschen gestaltet. Ich gehe zwischen seinen Wandbildern hin und her, suche nach der Hand, die einst den Pinsel geführt, ich weiß, wie klein eine Menschenhand ist. Solche Bilder lassen sich nicht erzählen, sie kommen von weit. Jede Lebensstufe ist eine Welt für sich: die Welt des Kindes, die Welt des Mannes und die der Frau. Es sind die Lebensalter, die aus den Bildern zu uns sprechen ...

Erich Heckel: Lebensstufen (Angermuseum Erfurt)

Ein Engel steht vor der Tür,
man muß an ihm vorbei
ehe man zu den Bildern kommt.

Im Vordergrund des Bildes steht eine Frau in einem langen Gewand, sie hat eine feierliche, fast priesterliche Haltung, ihre Hände sind über der Brust zusammengelegt, sie hat ein herbes, aber offenes Gesicht, eine breite hohe Stirn, kräftig treten die Wangenknochen hervor, sie steht vor einer Gebirgslandschaft und scheint über sich selbst nachzudenken, an ihrer Seite ein kleiner blonder Knabe, nackt. Eine rätselhafte Schönheit geht von diesem Wandbild aus, hier ist mehr als nur eine Mutter mit ihrem Kind. Wenn es am Abend still geworden auf dem Anger, kann man den Jubelschrei des Kindes hören, die Freude über das schäumende Wasser, über die Farne, die Steine, die Bäume, den Freudenschrei über das Leben.

Links und rechts neben dem Wandbild sind zwei schmale bemalte Wandstreifen. Eine Frau beugt sich über ein schlankes halbwüchsiges Mädchen und legt ihre Hand auf den Kopf des Kindes. Die Handbewegung ist voller Güte, Liebe und Schutz, ein einfühlsames Auf-den-Menschen-Zugehen. Es ist, als wäre das Kind aus einem pflanzenhaften Schlaf erwacht, aus einer seelisch-geistigen Unberührbarkeit, als würde es sich zum erstenmal seines Ich bewußt werden, das Schicksal klopft an die Tür. Auf dem anderen Wandstreifen hat der Künstler die Lebensstufen erweitert, zwei Frauen werden ins Bild geholt, sie haben Freundschaft miteinander geschlossen, sie haben längst von der Insel der Großen Mutter Abschied genommen, kein »Gläserner Tag«, kein Spiel mehr mit Wasser und Licht, das Orphische tritt in den Hintergrund, die Durchgeistigung des Lebens wird sichtbar.

Das Erotische des Lebens ist zurückgetreten, keine blühende Fleischlichkeit mehr, ein neues Selbstbewußtsein hat von den beiden Frauen Besitz ergriffen, Heckel hat sie mit liebender Hingabe gemalt. Eines Tages werden sie es sein, die ein neues Zeitalter verkünden.

Vor meinen Augen eine Hochgebirgslandschaft, die Berggipfel sind mit Schnee bedeckt, steil abfallende Wände, schroff ragen die Felsen ins Bild. Dieses Gebirge gleicht einem Beinhaus, keine Schutzhütten, keine Alm, kein Vieh. Vor dieser unnahbaren Landschaft stehen drei Männergruppen, sie alle haben etwas Statuarisches, das Vertikale in den Gestalten dominiert.

Auf der linken Seite des Bildes stehen drei nackte Männer, sie alle haben das Mannesalter erreicht, ihre Gesichter sind von einer asketischen Durchgeistigung, es sind nachdenkliche Gesichter, man erkennt, daß der Schmerz des Lebens auch über sie hinweggegangen ist. Erich Heckel nennt sie: den Undurchschaubaren, den Offenen, den

Sensiblen. Auf der anderen Seite des Bildes, auf einem abgesägten Baumstumpf, stehen zwei junge Männer. Es ist die »Vorführung des Adepten«, ein junger Mann soll in den Kreis der Eingeweihten aufgenommen werden. In der Mitte des Bildes steht eine fast schon greisenhafte Gestalt, etwas Priesterliches spricht aus ihrer Haltung, die Kleidung gleicht dem Gewand eines Mönches. Das Gesicht des Mannes ist bis zur Porträthaftigkeit durchgestaltet: es ist Stefan George, an seiner Seite steht sein Schüler. Diese beiden Gestalten werden von einem leuchtenden Schneefeld, das weit hinter ihnen liegt, herausgehoben.

Das Wandbild zeigt uns die einzelnen Stufen der menschlichen Erziehung, vom Schüler über den Adepten bis hin zum reifen Mann. Es ist eine strenge enthaltsame Lebensweise, zu der hier aufgerufen wird. Erich Heckel hat dieses Wandbild mit sparsamen Mitteln gemalt, die Bilder wurden auf trockenem Grund aufgetragen, eine Sekkomalerei. Die Flächenverteilung, der plastische Zusammenhang zwischen Natur und Mensch und nicht zuletzt die rostbraune Farbe machen das Poetische dieser Wandbilder aus. Der lehmige Ton, eine Urfarbe?

Neben der Welt des Mannes begegnen wir in einer Wandnische den »Jungen Toten«. Kein Sterbezimmer, kein Sterbebett, vergebens wird man nach dem Knochenmann mit seiner Sense suchen. Zwei junge Menschen gehen Hand in Hand auf eine Felsenhöhle zu, treten ein in das Reich der

Schatten. Die ganze Landschaft wird von diesen Schatten überschattet, es dunkelt, wohin man auch blickt, doch der Körper der beiden Jünglinge scheint leichter geworden, sie wissen, der Tod trennt nicht, er verbindet, was im Leben zurückbleibt, ist »Die Trauer«. Bei Heckel ist es eine schlanke hagere Gestalt, hinter ihrem Rücken erhebt sich ein gewaltiger Felsen, der nur wenig Raum zum Atmen gibt. Sie steht da und blickt starr vor sich hin, ein Blick, der die Welt nicht mehr wahrnimmt, der nach innen geht. Sie hält ihre rechte Hand vor den Mund, und diese Hand gleicht einem Knebel, der den Schrei zurückhält, eine Trauergestalt, die weit über das Schicksalhafte des einzelnen Menschen hinausgeht. Ein mahnendes Erinnern an die deutsche Geschichte?

Erich Heckel hat in diesem Werk die wichtigsten Lebensstufen des Menschen gestaltet. Es ist eine vorausschauende Arbeit, eine Vision, eine sichtbar gewordene Idee. Das ganze Werk ist ein Warten auf den Menschen, der immer noch unterwegs ist.

Wußte Heckel, daß der Mensch in Lebensaltern denkt?

Wie oft schon habe ich mich gefragt, was für ein Gedicht mag es gewesen sein, das Stefan George seinem aufmerksamen Schüler mit auf den Weg gegeben, waren es die Strophen aus dem »Jahr der Seele«:

Es lacht in dem steigenden jahr dir
Der duft aus dem garten noch leis.
Flicht in dem flatternden haar dir
Eppich und ehrenpreis.

Die wehende saat ist wie gold noch
Vielleicht nicht so hoch mehr und reich
...

oder waren es jene bitteren Zeilen aus dem »Stern des Bundes«, ein Gedicht, das an Radikalität alles übersteigt, was George geschrieben hat?

Weltabend lohte ... wieder ging der herr
Hinein zur reichen stadt mit tor und
tempel
Er arm verlacht der all dies stürzen wird.
Er wußte: kein gefügter stein darf
stehen
Wenn nicht der grund das ganze sinken
soll.
Die sich bestritten nach dem gleichen
trachtend:
Unzahl von händen rührte sich und
unzahl
Gewichtiger worte fiel und Eins war not.
Weltabend lohte ... rings war spiel und
sang
Sie alle sahen rechts – nur Er sah links.

Drohungen ballen sich am Himmel zusammen, ein dumpfes Grollen läßt sich aus der Ferne vernehmen …

Ich sehe von meinem Arbeitszimmer hinunter auf den Domplatz. Der Wind legt sich in die Röcke der Marktfrauen.

Gundula lebt seit Tagen in einem Schwermutsloch, ihre Mutter muß Mitte Oktober zu einer Herzoperation in die Klinik nach Linz.

Dreimal läutete heute vormittag das Telefon, dreimal habe ich nach dem Hörer gegriffen und mich gemeldet, keine Antwort, was ich hörte, war ein leises tiefes Surren, erst dann kam das Freizeichen. Gegen Mittag läutete es noch einmal nach, es war ein schwaches Läuten, fast wie ein vorsichtiges Anklopfen.

Wir haben in Deutschland keine Kinder mehr, wir haben nur noch kids, wir haben auch keine Kraft, wir haben nur noch power, und wenn wir zu einer Geburtstagsfeier gehen, singen wir »happy birthday to you«.

Nach dem Zweiten Weltkrieg haben sich eine Fülle von Anglizismen in unsere Muttersprache eingenistet: input, output, highlight, feeling, level, styling, feedback, out, meeting, outfit, news, timing, touch, cool. Man könnte diese Beispiele um ein Vielfaches erweitern.

Ich spreche nicht von dem englisch-amerikanischen Wortschatz, der uns aus der wissenschaftlich-technischen Revolution zugewachsen ist, ich rede von unserer Alltagssprache, in der es für die genannten Beispiele keine technisch-praktische Notwendigkeit gibt. Was sich hier abzeichnet, ist kein Zwiegespräch, das man mit einer anderen Sprache führt, hier wird etwas gemixt, das in einer Bar, an einer Theke seine Berechtigung hat, aber nicht im Sprachraum einer Nation. Die deutsche Sprache hat ihre selbstregulierende Kraft, ihre Assimilationskraft weitgehend eingebüßt, ein »pidginisiertes Deutsch« pocht an die Tür. Ich erinnere mich an die weit verbreitete Verkehrssprache in Ostasien, eine Sprache mit überwiegend englischem Wortschatz und chinesischem Satzbau. Wir sprechen heute zwar immer noch deutsch, merken aber nicht, daß wir in Ansätzen bereits amerikanisch denken.

Das Wort Sprachgeist wurde aus dem Bewußtsein unserer Menschen gestrichen, das Sprachgewissen wird unterwandert, unterminiert, unsere Muttersprache verliert an Substanz.

Es gibt Metamorphosen, die dem Himmel näher stehen als der Erde.

Altweibersommer. Ein kristallklarer Morgen, vor dem Fenster das gleichmäßige Summen der Grasmäher, die Schwalben sammeln sich, glückliche

Reise, rufe ich ihnen zu. Auf den Blumenbeeten, wo die Astern stehen, wiegen sich die Bienen.

Lektüre: »Gerhart Hauptmanns Leben«, Chronik und Bild. Der Band ist 1942 erschienen, vier Jahre vor seinem Tod. Auf der vorletzten Seite finde ich die Wandlungen seiner Unterschriften von 1888 bis ins hohe Alter.

Die Handschrift eines Menschen, war sie nicht durch Generationen hindurch die geheime Korrespondenz mit dem eigenen Ich? Dieses Zwiegespräch scheint verlorengegangen zu sein. Dem Menschen wird fast alles über den Computer mitgeteilt, der schöpferische Atem in unserer Handschrift wird kaum noch spürbar, man lebt mit dem, was des Merkens notwendig ist, und das reicht aus. Wer weiß heute noch, daß sich in einem handgeschriebenen Brief eine unsichtbare Tür vor unseren Augen öffnet, ein Stück der verborgenen Menschennatur sichtbar wird?

Der Computerbrief mit seinen sterilen Fassaden verdeckt uns das Wesen des Menschen.

Auch eine Demokratie hat ihre gesicherten Kordons, ihre Grenz-, Sperr- und Postenketten, ihre uniformierte und zivile Staatspolizei, den Verfassungsschutz, ein Machtpotential, das außerordentlich ist, auch in einer Demokratie spürt man die Angst der Macht um die Macht, die Ohnmacht der Mächtigen.

Für den Politiker ist der Künstler der unberechenbare Mensch schlechthin, auch innerhalb der Parteien scheint er ein Fremder zu sein ...

Am Abend bricht das Schweigen über mich herein. Gundula ist einsilbig, sie fährt Ende der Woche für längere Zeit nach Waidhofen, ihre Mutter wird aus der Klinik entlassen.

Die Berge im Thüringer Wald haben seit Tagen eine Nebelmütze aufgesetzt, im Frühling tragen sie einen leichten Sonnenhut.

Der erste Nebeltag, das Unsichtbare kommt über die Stadt, das Leben wird wieder zur Ahnung, nichts ist mehr berechenbar, der Nebel überschwemmt Straßen, Gärten und Plätze. Er wischt den Autos die Lichter aus, die Geräusche der Straßenbahn scheinen dumpf und sehr weit entfernt zu sein, Menschen, die dich überholen, verschwinden nach wenigen Schritten vor deinen Augen, tauchen unter, werden unsichtbar, der Nebel saugt alles in sich auf, er erinnert an die Zeit, da unsere Erde noch unter einer dicken, undurchsichtigen Wolkendecke lag.

Von Zeit zu Zeit kommt mich ein alter Herr in der Musikbibliothek besuchen, ein Leser, er muß weit über die Siebzig sein. Er ist groß, hager, sein Oberkörper ist leicht nach vorn gebeugt, sein Gesicht voller Narben. Er studierte vor dem Zweiten Weltkrieg an der Leipziger Musikhochschule und war schon als Knabe ein ausgezeichneter Flötist. In den letzten Kriegsmonaten wurde er eingezogen und als Flakhelfer eingesetzt. Bei den Kämpfen um Berlin ist eine Handgranate frühzeitig explodiert und hat die Finger seiner linken Hand abgerissen, unzählige kleine Splitter trafen sein Gesicht. Hand und Gesicht wurden in einem Feldlazarett zusammengeflickt, so gut es eben ging. Es war meine erste und zugleich endgültige Niederlage, hat er zu mir einmal gesagt. Wie durch ein Wunder sind seine Augen unverletzt geblieben. Nach dem Krieg studierte er Musikwissenschaft und war als Lektor in einem Leipziger Musikverlag tätig, einige Jahre vor seiner Rente ging er nach Erfurt und arbeitete als Musikredakteur an einer großen Thüringer Tageszeitung.

Ich hätte meine Uhr nach seinem Kommen und Gehen stellen können. Gegen achtzehn Uhr betrat er die Musikbibliothek, setzte sich in den Besuchersessel, und dann begann unser Gespräch. Es drängte ihn, von seinem immensen musikalischen Wissen etwas preiszugeben. Im vergangenen Monat hielt er mir einen Vortrag über die Engführung, über die möglichst gleichzeitige kontrapunktische Zusammenführung einzelner Themen. Als mir bewußt wurde, wie wichtig diese Vortragsstunde für ihn war, tat ich alles, um sein Bleiben ein wenig zu verlängern. An manchen Tagen schien es mir, daß er mein stilles Angebot dankbar annahm.

Heute erzählte er mir von einem Kranichpaar, das er während seines Urlaubs im Baltikum drei Wochen lang beobachtete. Der Waldhüter hatte ihn regelmäßig auf seinen Kontrollgang mitgenommen, er konnte seinen Feldstecher benutzen, stieg mit ihm in die Bäume und beobachtete vom Hochsitz aus den Seeadler. Eines Tages hatte ein Wilderer einen weiblichen Kranichvogel angeschossen, er lag verwundet im Ried. Tagelang war der männliche Vogel an seiner Seite geblieben, hatte ihm zu fressen gebracht, ist aufgestiegen, kreiste lautlos über dem Wasser, doch der Vogel wurde von Tag zu Tag schwächer, erschöpft lag er auf dem Boden. Als er eines Tages nicht mehr reagierte, muß über den Kranich ein panischer Schreck gekommen sein, mit einem Schrei stieg er auf, kreiste verzweifelt über dem Ried, seine Kreise wurden größer, doch dann kam er noch einmal zurück, ehe er in die Tiefe des Himmels abtauchte, der untergehenden Sonne zu.

Ein paar Tage später erzählte ihm der Wildhüter, daß der weibliche Vogel mit seinem ganzen Körper in den vollen Hagel einer Schrotflinte hineingeflogen war.

Ein feuchter Oktobertag, man fröstelt, wenn man ohne Mantel das Haus verläßt. Keiner weiß, woher die Kälte so plötzlich gekommen, vorgestern zeigte noch das Thermometer neunzehn Grad Celsius.

Gegen zwanzig Uhr habe ich Gundula an den Bahnhof gebracht. Der Zug wird in Erfurt eingesetzt. Die Schatten der Bahnhofshalle fielen dunkel in die Fenster der Waggons. Wir sahen einander noch einmal an, küßten uns, dann half ich ihr beim Einsteigen. Ich sah, wie sie im Großraumwagen suchend von Fenster zu Fenster ging. Sie wird in Dresden umsteigen in den Nachtexpress Berlin–Wien.

Der Zug verließ pünktlich die Bahnhofshalle in Richtung Weimar. Als ich aus dem Bahnhof trat, schlug mir ein kalter Oktoberregen schräg ins Gesicht ...